寻找妈妈的
寻人启事

孙道荣 著

北方联合出版传媒(集团)股份有限公司

万卷出版有限责任公司

ⓒ 孙道荣 2023

图书在版编目（CIP）数据

寻找妈妈的寻人启事 / 孙道荣著. — 沈阳：万卷
出版有限责任公司，2023.7
ISBN 978-7-5470-6258-6

Ⅰ.①寻… Ⅱ.①孙… Ⅲ.①散文集 – 中国 – 当代
Ⅳ.①I267

中国国家版本馆CIP数据核字（2023）第082724号

出 品 人：王维良
出版发行：北方联合出版传媒（集团）股份有限公司
　　　　　万卷出版有限责任公司
　　　　　（地址：沈阳市和平区十一纬路29号　邮编：110003）
印 刷 者：辽宁新华印务有限公司
经 销 者：全国新华书店
幅面尺寸：145mm×210mm
字　　数：200千字
印　　张：8
出版时间：2023年7月第1版
印刷时间：2023年7月第1次印刷
责任编辑：胡　利
责任校对：张　莹
封面设计：仙　境
ISBN 978-7-5470-6258-6
定　　价：38.00元
联系电话：024-23284090
传　　真：024-23284448

目录

第一辑　寻找妈妈的寻人启事

第二辑　父亲都是艺术家

第三辑　听一场电影

第五辑　每朵花本应芬芳

第六辑　每个人都有一个自己的舞台

第一辑
寻找妈妈的寻人启事

　　记住爸爸妈妈其实一点儿也不难，只要用心，就足够了。眼睛看到的会漠视，或者忘记，而用心记住的，会珍藏一生。

寻找妈妈的寻人启事

作文课。老师教完了应用文写作后，当场给同学们布置了一个题目：假设自己的妈妈丢了，请每一个人写一则寻人启事。老师还给每个同学发了一份寻人启事作为参考，大家可以照葫芦画瓢，但是，里面的内容必须根据自己母亲的真实情况撰写。

同学们似乎还没有反应过来，自己的妈妈丢了，写一则寻人启事？同学们一时都不知道该如何下笔。

见同学们都没什么动静，老师说，这样吧，我再讲一遍寻人启事的要点，大家一边听，一边写。首先，写下丢失人的姓名。

大家埋头在纸上写了自己妈妈的名字。

老师说，性别。

女。大家唰唰写下。

丢失人年龄。老师的话音刚落，班级里就炸开了锅。有人说，我妈好像四十二岁了吧。有人说，我妈妈从来没告诉过我她多大啊。有人说，我今年十四岁，我妈妈该有三十八九岁了吧？

几十个同学，竟然没有一个人能够准确地说出自己妈妈的年龄。老师摇摇头，年龄先空着吧。下面是最重要的部分，请写出丢失人的体貌特征。

"我妈妈特别爱唠叨……"

"我妈妈很勤快，每天都要洗很多衣服，还要做饭，搞卫生……"

"我妈妈总是要管我，连电视都不让我看，说我浪费时间……"

"我妈妈最疼我了，有什么好吃的都留给我……"

大家七嘴八舌，似乎对自己的妈妈很了解。老师打断了大家的话，同学们说的，也许是妈妈的特点，但是，现在请大家写的是妈妈的体貌特征，比如脸上有颗痣，手背上面有道伤疤，腰杆有点弯曲什么的。

同学们停止了议论，歪着脑袋，努力回想着妈妈的形象。每天都见到的妈妈，到底有些什么体貌特征呢？脸上有没有长痣，好像是有的，但想不起来在哪儿了。妈妈干活时，经常会受伤，可是，哪儿留下过伤疤，倒真的没注意啊。妈妈的腰杆这几年确实有点弯曲了，总是直不起来，可能是太累了的缘故吧。可是，好像每个人的母亲都是这样的啊，这也算是体貌特征吗？

同学们勉强写下了几个特征，既像是自己妈妈的，又好像不太像。

老师说，请同学们再写下，今天，妈妈穿的是什么衣服和鞋子。如果妈妈真的丢了，那么，最后离开家时穿的衣服，将是很重要的鉴别辨认依据。

班级里再次炸开了锅。穿着干净、漂亮衣服的同学们，叽叽喳喳地议论开了：哪个同学早上新穿了一双运动鞋，大家立即注意到了；最喜欢的那个电影明星，喜欢穿什么样式什么牌子的衣服，大家总是一清二楚……可是，早上和自己一起出门，甚至骑着车子将自己送到学校门口的妈妈，穿着什么颜色、什么样式的衣服，却真的没有留意，好像从来也没有留意。

　　作文课彻底失败了，一则简单的寻人启事，竟然没有一个同学写完整、准确。老师最后面色凝重地对大家说，不是寻人启事难写，是大家对自己的妈妈，根本就不关注不了解啊。

　　儿子盯着我，盯着我，似乎要把我深深地刻印在脑海中。他告诉了我发生在作文课上的事情，我相信，那堂作文课上，儿子一定已经受到了很大的震撼。我摸着儿子的头，告诉他，天底下的爸爸和妈妈，都是用心去看自己的孩子的，所以，孩子的每一个细小动作，都逃不过父母的眼睛。

　　记住爸爸妈妈其实一点儿也不难，只要用心，就足够了。眼睛看到的会漠视，或者忘记，而用心记住的，会珍藏一生。

一位母亲的危机处理

一月二十四日，星期天。杭州。一个名叫山水人家的小区。宁静的小区道路两旁，停满了私家车。谁也没有想到，平时停得好好的汽车，瞬间惨遭毒手，被利器划得伤痕累累。停在路边的几十辆汽车，无一幸免。粗略估计，仅这些划伤的修理费，就需要四五万元。有人报警。愤怒的车主们发誓要揪出恶意划车的人。

小区的监控被调了出来，从监控录像上可以看出，是一个孩子干的，像个小学生，脚下还踩着滑板车。他一路走，一路划。这是谁家的孩子？胆子也忒大了！太没教养了！但监控看不太清，没人认识这个孩子。警方开始调查。网络和第二天的报纸，都报道了这件事。

第二天下午，一位妇女给派出所打电话说，划伤汽车的是她的孩子。

她也住在那个小区。她是第二天才从网上看到了小区汽车

6

被划伤的帖子，帖子中描述的那个孩子，像她的孩子。时间、地点、特征，都吻合。她赶紧跑到小区物业处，调看了监控录像。果然是她的孩子。

她意识到问题的严重性。冷静下来后，她是这样处理的——

给派出所打电话，毫不犹豫地告诉民警，汽车是自己的孩子划的，我们将承担全部责任。

晚上，儿子放学回家。问他，是不是你干的？儿子低头不说话。她对儿子说，你是男子汉，是你做的，就要勇于担当。儿子承认，是他干的。又问他，如果你的折叠车被人划伤了，你心不心疼？儿子说，心疼。她说，你的折叠车几百元就可以买到，而人家的汽车，一二十万，有的甚至上百万，你说会不会心疼？儿子向她连鞠了几个躬，说，妈妈，我错了！

孩子写了一份致歉信，向所有被划伤的车主表达歉意，并表示承担全部责任和修理费用。致歉信复印了几十份，张贴在小区所有的出入口和楼梯口。

联系了一家信誉很好的汽车修理厂，负责修理所有被孩子划伤的汽车。

第二天、第三天，连续两个晚上，等儿子做完作业，她领着孩子，挨家挨户登门道歉。她要求，门铃都由儿子自己来摁。这是让儿子面对错误的第一步。儿子在课余折叠了很多只纸船，上面都醒目地写着"对不起"三个大字，他要将这只船作为礼物，送给车主们。每到一家，孩子一进门就说："对不起，我不知道划车的后果这么严重，请您原谅我。"所有的车主都表示，原谅孩子。

她对儿子说，叔叔阿姨都很包容，原谅了你，但是，你要记住，千万不要把别人的包容当成自己犯错的借口，你要敢于担当，学会感恩，知道什么叫责任心。

　　一场危机，被这位母亲成功地化解了。剑拔弩张的人们，怒气消去；一张张冰冷失望的脸，露出了笑容。而作为犯错孩子的母亲，自始至终，她没有推卸责任，没有逃避，也没有雷霆大怒。事情圆满解决，车主都很满意，更重要的是，孩子认识了错误，学会了担当，获得了原谅。我想，他这辈子都不会忘记这次教训，但也不会在心灵上留下难以弥补的阴影。

　　一位当事的车主说，孩子的妈妈这么做，我很佩服。说句实话，遇到这样的事情，不是每个家长都能处理得这么及时、这么果断。这位勇于承担的母亲，非常了不起。

　　作为一名旁观者，我一直通过媒体，关注着这件就发生在我身边的故事。从这位母亲身上，我深深体会到，要想我们的孩子学会担当，有责任心，我们做父母的，首先自己要敢于担当，善于担当。这，你能够做到吗？

看你一眼，心生种子

　　一位朋友，阳台上种满了花草。

　　朋友的家我没有去过，但那些阳台上的花花草草，我都见过。每天，她都会在朋友圈发一张或一组它们的图片。一朵花打苞了，一颗草籽发芽了，一只蝴蝶飞来了……她都会及时发布，更新。她的朋友圈，就是一处生机盎然的小花园。

　　每天，都会有很多人点赞，点评。让我怦然心动的是一位朋友的点评：每天在你的朋友圈，看一眼你的阳台，看一眼那些美丽的花花草草，便在心里种下了一颗种子。

　　看你一眼，心里便种下一颗种子。多美的经历，多美的感受，多美的种子。

　　生活中从不缺乏美，我们看到了，即使我们没有文学家的优美辞藻来赞美它，又有什么关系？一颗美美的种子，已经种进了我们的心里——

　　难得早起，看到草叶上的一滴晨露，它就是一粒种子；

在大街上行走，看到一个背着书包的孩子，手里拿着一个纸片，走了很远的路，最后，将纸片投进了路边的垃圾桶里，它就是一粒种子；

斑马线前，有人欲横穿马路，一辆车停下来了，又一辆车停下来了，它就是一粒种子；

前面一位年轻的妈妈怀抱着孩子，孩子伏在妈妈的肩头，向后张望，我与孩子的目光撞在了一起，孩子忽然咧嘴冲我笑了笑，它就是一粒种子；

走在我前面的人推开旋转门，待我也走进去了，才松开手，它就是一粒种子；

抬头看见蓝天、白云，它就是一粒种子……

如果你稍稍留意，你就会发现，生活中有太多这样的一刻。你看见了，你经历了，你融在其中了，你切身感受到了，那么，你的心里，就会种下一粒种子。

没错，生活从不是风花雪月，有很多不如意，甚至悲伤和灾难。艰辛的生活，让我们的人生充满挣扎和苦难，视而不见与粉饰太平，都是对生活，也是对自己的不尊和背叛。我们赞美生活，并非因为它总是美好的，艰难、忧伤、痛苦，总是如影相随。我要说的是，纵使人生再艰难，纵使我们的心千疮百孔，也别忘了，空气中还有飞翔的蒲公英，生活中总有那温暖的一刻，这些都是一粒希望的种子。

打开心扉，那粒种子就会飞进来。

心里有种子了，心才会像一块土地一样，不会荒芜。

一粒种子，未必能发芽；一粒种子，也未必能成为一片姹紫嫣红的花园。没关系，这个世界从不乏这样的种子，总有一粒种子，它飞进了你的心田，并在你最柔软的部分，扎根，发芽，成长。心中这样的种子多起来了，希望和信心，就会重新回到我们身边。

永远不要小觑了一粒种子的力量，它能穿越寒冬，也能破崖而出。就算它被埋在了我们心底，也定然能在某个春天，挣脱一切桎梏，冒出动人心魄的嫩芽。

如果你在庸常的生活中，遇到了怦然心动的一刻，那是一粒种子，不要拒绝它。

如果我看你一眼，心生温暖，亦请不要拒绝，因为，你也是这样一粒种子。

你在我身边，但我想你了

夜已经深了，妈妈坐在床沿上，叠衣服。女儿忽然穿着睡衣，呼呼地跑了进来，一下子扑进妈妈的怀里。

妈妈吃惊地摸摸女儿的头，乖女儿，是不是做噩梦了？

女儿摇摇头。

妈妈双手捧起女儿的小脸，那是怎么啦？

女儿娇嗔地说，没事，我、我就是想你了。

妈妈笑了，傻丫头，妈妈不是在家吗，就在你身边啊，想什么想？

女儿把头深深地埋进妈妈的怀里，我知道你在家里，但我就是想你了嘛。妈妈也紧紧地抱住女儿。

这是我的一位同事，在微信朋友圈里晒的故事。同事说，自从女儿出生以来，她就很少和女儿分开，可是，已经六岁多的女儿，还是会经常突然跑到她的身边，一把抱住她，对她说，想她了。自己明明就在女儿身边啊，女儿为什么还会想她呢？

有人点赞说，我知道你就在我身边，但我还是忍不住想你了。这个想念，是世界上最真诚、最朴素、最感人的想念。

其实，不独孩子，有时候，我们也会突然特别想念就在我们身边的某个人。那种想念，与距离无关。

父亲在世的时候，只从安徽老家来过杭州一次。那时候，他其实已经重病缠身，只是还没有检查出来。我们租的小房子，只有两个房间，父亲来了后，孩子就和我们暂时睡在一起，另一个房间让父亲住。

那天晚上，已经睡下的我，不知道为什么，躺在床上就是睡不着。脑海里浮现的，都是小时候的事情：父亲牵着我的手，第一次送我去邻村上学；我放鸭子，丢了五只，父亲在水稻田里四处寻找；有年春节，父亲骑着自行车带我去亲戚家拜年，坐在后座上的我，一只脚不小心卷进了后车轮，父亲赶紧停下来，手忙脚乱地将我的脚从车轮里拔出来，心疼地搓啊，搓啊……

自从上大学后，我和父亲的相聚，越来越少了，后来又从安徽来到了杭州工作，就更难得回家了。他把这个唯一的儿子抚养长大，培养成人，却难得见上一面。

我突然无比地想念他，而他，此刻就睡在隔壁另一个房间，他就在我身边。我终于忍不住，披衣起床，蹑手蹑脚地推开了另一个房间的门。我不确定他有没有熟睡，我不想打扰到他，只想悄悄看一眼他。我知道，如果不看他一眼，这一夜，我将无法入眠。

没想到，父亲披着上衣，斜靠在床头，他也没有睡着。见我进来，他轻声问，还没睡啊？

我点点头。我无法说出口，我只是想他了，我进来就是为了看他一眼。我说，我找个东西。我装作找东西的样子，在书架上翻了几下，随便找了一本书。

找到了？父亲问。我点点头。

父亲想说什么，又咽了回去。你明天还要上班，赶紧去睡吧。

我说，没关系，反正您也还没睡，我陪您坐坐。

我坐在了父亲的床头。我们像以往一样，只是那么安静地坐着，偶尔说几句无关紧要的话。我遗传了父亲木讷的性格，我们爷儿俩在一起的时候，能说的话并不多。

父亲倚靠在床头，我坐在他的身边。我们就那么坐着。五分钟，也许八分钟，也许更长一点儿时间。我只是偶尔看他一眼。有时，和他的目光撞在一起。

那是父亲唯一一次来杭州，来我在杭州的家。在父亲去世多年之后，我仍然会时时自责，为什么那晚我不告诉他，我并不是要找什么东西，我只是想他了，我就是想过来看他一眼。我没有说，我说不出口。

我从来没有对父亲说过，我想他了。没有。无论是当面，还是电话里，我都无法开口说想他。就像他也从没有说过，他想我了。而我是真的经常想他，特别是那一晚，他就在我身边，但我突然特别地想他，无法遏止。

现在，我只剩下思念。除了照片，我再也见不到他了。如果他能听见，我一定要对着他的照片，告诉他，爸，我想你了！

孝　绳

　　偶尔看到一张获奖的新闻照片，心为之一动。

　　他七十多岁了，是个典型的农村老汉。不过，在一百○一岁的老母亲面前，他还是个孩子。

　　白天他要下地干活，还要兼打一些零工，很累。晚上回到家，倒头就能睡着，而且，总是睡得很沉。但他又不敢睡得太死，因为一百○一岁的老母亲夜里要经常起来上厕所。老母亲的眼睛已经差不多全瞎了，夜里更是什么也看不见。这要万一摔上一跤，那可不是闹着玩儿的。他叮嘱老母亲，夜里起来上厕所时，一定一定要喊醒他。从很久以前开始，他就在老母亲的床边，又支了一张床，自己睡，方便夜里照顾老母亲。

　　也不知道是老母亲舍不得喊醒他，还是喊了他却因睡得太沉没听见，老母亲夜里常常自己爬起来，摸索着去厕所。这让他既自责，又担忧。

　　他想了个土办法。

他找来一根绳子，一头拴在老母亲的床头，老母亲伸手就能拉到绳子。而绳子的另一头，则系在自己的手腕上。这样，老母亲只要拉一拉绳子，就一定能把他拉醒。

晚上，安顿好老母亲就寝，把绳子的一头拴在老母亲的床头，另一头紧紧地系在自己的手腕上，然后，才熄灯睡觉。每天都是如此。

夜里，手腕上的绳子动了，他立即惊醒，开灯，起床，解开手腕上的绳子，扶起老母亲，搀到卫生间，等老母亲方便好了，再搀扶回床上休息。再把绳子系在自己的手腕上，才躺下睡觉。

一夜好几次，每一次，都是同样的程序。

他的夜，都是断断续续的，就像他的睡眠一样。哪怕老母亲最后一次上厕所时天都快亮了，只要自己还躺上床，还合上眼，眯一会儿，他就一定不忘把绳子的另一头系在自己的手腕上。直到早晨起床后，才把手腕上的绳子松开。早晨，他的手腕上，总是会勒出一道浅浅的血痕。

每天晚上都是这样。

记者拍摄的那张照片，只是记录了某一个晚上的场景：老母亲安详地躺在床上，他弯着腰拴绳子。那根不长的红绳子，在他和老母亲之间晃悠。村民们都知道那根红绳子的故事，他们亲切地唤那根红绳子为"孝绳"。

孝绳，那是母子之间，多牢固的一根纽带啊。

请老乡上门

打电话回家，告诉母亲：等会儿有人敲门，是来疏通下水道的。母亲喜滋滋地答应了。

我知道，放下电话，母亲就会赶紧去厨房烧水，泡好一壶茶，放那儿凉着。然后，母亲就会站在窗口向楼下张望，看看疏通下水道的人来没来。

想象着母亲迫切等待的样子，我有些好笑。

母亲年岁渐高，让她一个人住在老家，实在不放心。年前，好说歹说，将母亲从遥远的家乡接来和我们一起住。母亲一辈子住在乡下，很少出门，既不识字，普通话也不会讲。和我们住到一起后，母亲原本开朗的性格，反而变闷了。

我知道，她这是不习惯，太寂寞。以前住在老家乡下，东家串串，西家聊聊，一天就快乐地过去了。现在，住在楼上，周围的邻居一个也不认识，整天锁在家里，就跟坐牢似的。只有晚上我们下班回家了，母亲才能和我们讲讲话。

那天，家里的空调出了毛病，维修部答应派人上门维修。放下电话，我赶回家。打开家门，只见母亲正和一个陌生小伙子坐在客厅，开心地聊着什么。见我回来，母亲指着小伙子，兴奋地对我说："还有这么巧的事，你找来的维修工，竟然是俺们的小同乡呢！"

小伙子站起来说："空调没什么大问题，已经修好了。"一口很浓的乡音。我诧异地看着他。一问，还真是老乡，来城里打工已经好几年了。他的家，离我家的老宅，只有十几公里远。母亲硬要留小伙子在家中吃饭，小伙子推辞说，还有别人家的空调要修理，母亲只好作罢，便拿了两只苹果，硬塞给小伙子。

这天，母亲显得很开心。我没想到，一个偶然遇到的同乡，一句浓浓的乡音，竟让母亲如此激动，如此开怀。

于是我忽然想到了一个办法。我知道，在这座城市，有不少从家乡来的打工者，他们分散在这个城市的各个角落：有的在企业里上班，有的自己开着小吃店，有的是送水工，有的是维修工，有帮人搬家拉货的，也有沿街叫卖的水果小贩。离开家乡已经二十多年了，说实话，以前我真的没怎么留意他们，只是偶然从他们的口音中，猜想他们可能来自我的故乡。因为母亲的缘故，我忽然发现，他们的口音是这么熟悉而亲切。

几天之后，我在一家家政公司偶然遇到一个水管工，一问，是老乡。想起家中的下水道不是很通畅，我请他有空的时候，上门帮忙疏通一下。"一定得你亲自去哦"，我再三叮嘱他。

再后来，碰到给办公室送桶装水的年轻人，一问，又是老乡。我让他给我家里也送一桶，也叮嘱他："一定得你亲自送哦。"

过了一阵，在路上遇到踩着三轮车卖盆景的，搭讪之下，知道又遇上老乡了。我买下了两个盆景，又给他加了点钱，请他帮我送上门……

这样，每隔十天半月，就会有一个操着一口乡音的人，去敲我家的门。我会提前打电话回家，告诉母亲，等一会儿，有人敲门……

我知道，我的老母亲，她会早早地沏好凉茶，让他们喝个够。她会惊讶地发现，来的又是老乡。于是，她会唠唠叨叨地和他们讲个不停，于是，家中到处都是软侬的乡音。

临别，她还会用浓浓的家乡话叮嘱他们：常来走走，看看俺这老婆子哦！

爱的证据

一群年轻人，在野生动物园内参观。

干枯的草地上，跑过来两匹马。解说员说，这两匹马，是一对母子。你们能分辨出，哪匹是妈妈，哪匹是孩子吗？

年轻人盯着两匹马看，大小差不多，斑纹差不多，胖瘦差不多，年龄似乎也差不多，就连神情看起来都差不多，怎么辨别啊？

解说员拿起一把青草，向两匹马扔了过去。连续的干旱，使原本丰腴的草地，变得干枯、荒芜，这把碧绿的青草，因而显得特别醒目，特别青翠，特别诱人。两匹马看见青草，飞跑过来。它们几乎同时跑到了青草边。一匹马迫不及待地低下头，伸出舌头，卷起青草，美美地咀嚼起来；另一匹马站在一边，舔着舌头，看着它的同伴，却并不急于吃草。

解说员指着两匹马说，先吃草的那匹，是孩子，而默默站在一边的，是妈妈。如果只有一把草、一口粮，妈妈总是会让给自己的孩子的。人是这样，动物也是这样。

年轻人似有所悟。继续参观。跑过来两只狮子。年轻人一阵惊叫。解说员指着两只狮子，对大家说，这是一对父子，你们能分辨出，哪只是爸爸，哪只是儿子吗？

　　年轻人盯着两只狮子看，一样大小，一样健壮，一样彪悍，一样威风凛凛，就连脸上象征雄狮的鬃须似乎都一模一样，根本无法辨别。

　　解说员拿起一块牛肉，扔了过去。两只狮子同时嗅到了牛肉的腥味，同时扑向空中，争夺那块牛肉。一只狮子咬住了牛肉，可是，还没等它站稳脚跟享用，另一只狮子就发出了凶猛的吼声，凌厉地从它的口中夺下牛肉，并威吓性地竖起全身的鬃毛，毫不客气地赶走了同伴。被赶走的狮子，很不服气地站在一边。

　　这回，年轻人争先恐后地指认：后面那只看起来凶悍而蛮不讲理的，一定是儿子。解说员笑着摇摇头，你们说错了，后面那只看起来凶悍一点儿的，恰恰是爸爸。

　　年轻人不明白了，怎么爸爸和儿子抢食物，一个爸爸，不是应该呵护自己的孩子的吗？难道动物界和人类不同？

　　一个狮群，一般只能有一个成年雄狮，即使是自己的儿子，一旦长大了，也会被狮爸爸毫不客气地赶出狮群。解说员解释，也许正是为了让它日后能够单独生存，狮爸爸才对自己的儿子特别凶狠，特别不留情面，特别不照顾，其实，那也是一种爱啊。

　　年轻人恍然大悟。

　　原来，爱，是可以用完全不同的方式表达的。

最害怕妈妈突然对我好

新学期，她给孩子们布置了第一篇作文：最难忘的时刻。

她是一名支教老师，在这个偏远山区，方圆几十里，只有这一所学校，学生大多是留守孩子，他们的父母大部分都远赴外地打工，难得回来一次，春节也就成了很多孩子与父母一年中难得相聚的机会。其时，春节刚过，孩子们刚刚与久别的父母重聚，她希望孩子们用手中的笔，记录下这一温暖的时刻。

作文交上来了，她认真地批阅。不出所料，几乎所有的孩子写的都是春节期间，与从外地打工赶回来的父母相聚的那一刻。

一个孩子写了妈妈带回来的好吃的，那是他吃过的最美味的东西了，他感觉那一刻，自己好快乐。

一个女孩子写的是，爸爸给她新买的书包，当爸爸帮她将新书包背好的那一刻，她觉得自己好幸福。

一个男孩子写道，他已经两年多没有见到过爸爸了，爸爸刚走进家门的时候，他都一下子没有认出来，爸爸突然一把将他抱了起来。那一刻，他感觉有点陌生，但是，很温暖，真的很温暖……

那一刻，都温暖，难忘。

她的目光，久久地停在了一个女孩子的作文本上。

女孩子写道，以前，是爸爸一个人出去打工，后来，妈妈也出去了，留下我和弟弟，跟着年迈的爷爷一起生活。每年，爸爸妈妈都只在春节的时候，才能回来，年一过完，他们就又出去打工了。今年，直到年初二，他们才回到家，因为他们没买到年前的火车票。

这一次，因为没赶回来吃年夜饭，爸爸妈妈答应我和弟弟，会在家里多待几天，这可把我俩乐坏了。

爸爸妈妈回来之后，很忙，除了走亲戚外，他们还要将庄稼地重新翻整一遍，这样，年迈的爷爷春耕的时候，才好播种。虽然爸爸妈妈回来之后，忙得根本没时间陪伴我们，甚至顾不上我们，但我仍然觉得很满足、很幸福。

一天，妈妈没有下地干活，而是一整天都陪着我和弟弟，给我们做饭，烧了好几个好吃的菜，帮我们把所有的衣服都洗干净叠整齐了，爸爸还检查了我和弟弟的作业……总之，那一天，妈妈和爸爸对我们姐弟俩特别好，特别温柔。

读到这儿，她以为女孩子接下来会写，那就是她最幸福的时刻。可是，没有。女孩子写的是：那一刻，我哭了。我知道，爸爸妈妈明天肯定又要离开家，出去打工了。

女孩子在作文结尾这样写道，我最难忘的时刻也是最难过的时刻，是妈妈突然对我特别好。因为，那意味着，他们第二天又要离开家了，又要一年之后，才能回来了。

在这行文字下面，她依稀看到几滴泪水的痕迹。

她也流泪了。

她已经支教三年了。在城里，她有一个温暖的家，有一个调皮可爱的儿子。每次离开城里的家，她也恋恋不舍，她觉得自己亏欠这个家太多，尤其是对儿子。所以，每次，离开家之前的那一天，一向粗线条的她，也都会对儿子特别温柔、特别细致、特别耐心，恨不得把对他所有的爱和牵挂，都留下来。也许，儿子也特别害怕自己突然对他那么好吧？

她突然无比想家。她给老公打了个电话。夜已深，儿子已经睡着了，她让老公将手机放在儿子的面前，她听到了细微的鼾声。那一刻，她泪流满面。

有一种爱叫相依为命

三十五岁的熊明强，是躺在母亲的背篓里长大的。

熊明强是父母亲的第一个孩子，他的出生给这个贫穷的家庭带来了短暂的快乐，紧接着命运就把他们推向了苦难的深渊。因为先天畸形，他的四肢没有骨骼，这意味着他永远长不大，永远不能走路。三十五岁了，他的身高只有八十厘米，体重也只有二十六公斤。

每天无论是下地干活，还是上街串门，六十五岁的老母亲，都会将熊明强小心翼翼地放进背篓，背在身上，然后一起出门。在重庆巴南区南彭镇泥泞坎坷的山路上，你经常能够看见这样一幕：一位身穿蓝色粗布外套、脚穿解放鞋、身体瘦弱的老妇人，背着一个小背篓，背篓里装着一个三十多岁、身高却只有几十厘米的男子，"嘿哟，嘿哟"，缓慢而吃力地走在路上。

躺在母亲的背篓里，熊明强看到最多的，是母亲的后脑勺。有一天，他惊讶地看见，母亲头上出现了第一根白发，那是连母亲自己都没有注意到的。这个发现，让他难过不已。那时候，母亲还非常年轻，村里像母亲这个年纪的女人，都显得格外秀气漂亮。他想帮母亲拔下来，母亲却摇摇头。

就像夜里骤然而至的大雪一样，没几年，母亲的头发就突然变得花白了，像霜打的一样。他已经无法数清白发有多少根了，他很伤感。母亲反而笑了，天下还有哪个儿子，会留意到自己妈妈头上的第一根白发呢？

躺在母亲的背篓里，熊明强明显地感觉到，母亲的背篓，在慢慢地倾斜。他的重量，加上背篓自身的重量，接近六十斤。这个重量，一个成年男子背着都会感到吃力。以前，母亲背着他下地干活，因为山里的地，离家很远，所以，走着走着，累了的母亲，腰就会慢慢弯下来。母亲的腰一弯曲，他就知道，母亲是太累了，他就会让母亲将背篓放下来，休息一下。这时候，他会用双手，帮母亲揉揉肩膀。靠在背篓旁的母亲，一脸惬意的样子。可是，现在，刚背上，背篓就倾斜了。他知道，这是因为母亲的脊梁，已经弯曲了。母亲年纪大了，她的腰杆，再也不能像从前那样挺直了。这让他愧疚不已，是自己将母亲的腰杆，压弯了啊。母亲却总是很欣慰的样子，天下还有哪个儿子，会留意到自己妈妈的背，是从什么时候变弯的呢？

熊明强从小就很少喝水，母亲出门下地干活之前，都会让他多喝点水，免得在田头口渴，但他总是摇摇头，从小他就不大喜欢喝水。只有他自己知道，多喝一口水，母亲的背篓就会多一口水的重量啊。

沉重的背篓，使母亲习惯了低头走路，熊明强就会从背篓里伸出头，帮母亲看前面的路，有个沟、有条坎、有个树枝什么的，他就提醒母亲。坐在背篓里，看着母亲埋头在田里干活，熊明强会经常抬头看看天，如果有乌云过来了，他就喊母亲，赶紧找地方躲雨；如果正午的太阳，把自己的影子缩进背篓里了，他就告诉母亲，该回家做午饭了。

三十五年了，母亲已经背坏了二十多个背篓。不论走到哪儿，母亲都背着背篓，和背篓里的儿子。年迈的母亲，已经忘却了这是苦难。她艰难地弯下腰，背起背篓，走在崎岖的山路上，那是回家的路。儿子躺在背篓里，和她说着话，这让她很满足，儿子和她如此相依为命，这也是上天的礼物啊。

母亲的西湖

又堵车了。从他家到火车站，有一条近路，但经常堵车，为了避开，今天他特意绕了个大圈，没想到半路上还是堵住了。他愤懑地嘟囔着。

坐在后排的母亲安慰他，莫急，赶不上就坐明天的火车回去，一样的。

母亲要坐火车回老家去。忙不过来的时候，他会将老家的母亲，接到杭州来，帮帮他。这些年，每年母亲都要来杭州一两次。

母亲一来，他和妻子就轻松多了，儿子有人管了，饭有人做了，家有人照顾了。他和妻子，就都可以腾出手，安心忙各自的工作。

每次母亲来，住上一两个月，等孩子又开学了，他们手头的工作也暂告一段落了，就又到了母亲该回老家的时候了。他知道母亲其实住不惯这里，所以，每次母亲提出要回老家去，他也不阻拦。有几次，他要开车送母亲回去，都被母亲拒绝了，她执意自己坐火车回去。他知道，母亲是怕影响他工作，再说，开车的费用太贵了，母亲舍不得。

母亲就像候鸟一样，匆匆飞过来，又飞回去。

母亲突然指着车窗外说，大楼后面好像有个湖，那、那是西湖吗？

他扭头看了看，目光穿过大楼，看见一块白白的水面。其实不用看，他也知道，那就是西湖。西湖可不就在那个方向。来杭州工作已经十几年了，他无数次去过西湖，熟悉得就跟小时候家门口的那块池塘一样。当然，没有一次是自己单独或一家人去逛的，全是陪外地来的客户和朋友。他想，反正自己已经在杭州了，有的是机会，随时可以去西湖边逛逛。而别人从外地来了，能不立即陪着到西湖边转转吗？西湖逛了一趟又一趟，他已经麻木了。

母亲轻声说，能开车转过去吗？我想看一眼西湖，到湖边看一眼，就可以了。他回头望着母亲，犹疑着问，妈，你没看过西湖？顿了顿，又嘟囔了一句，我没带你来过西湖吗？母亲摇摇头。

这怎么可能？他不相信地晃了晃脑袋。母亲来过杭州少说也有二十多次了，自己怎么可能一次也没带她老人家来西湖边走走看看。他真的记不清了。

他将方向朝右一打，往西湖边驶去。从南山路，到杨公堤，再到北山路，他沿着西湖，绕了一个大圈。他在心里想，今天先开车带母亲绕西湖一周，下次再陪母亲，一个景点、一个景点慢慢去看。

一路上，母亲不说话，一直侧着头，盯着窗外。窗外，是西湖，风景如画的西湖。最后，车子进入西湖大道，往火车站方向驶去。车窗外，看不到西湖了。

这次回去，我终于可以跟你王大妈她们讲讲真的西湖了。母亲激动地说，每次从你这儿回去，王大妈她们都会上家里来，让我讲讲西湖，她们都没来过杭州，没看过西湖呢，这辈子怕是都没机会了。我就跟她们讲啊，西湖很大，很漂亮的，有好多船，湖边永远有好多人，从全国各地来的。母亲忽然压低了声音，其实那都是我在电视上偶尔看到的。她们一遍遍听我讲，都夸我有好福气，儿子在杭州工作，在西湖边，那是天堂呢……这次回去，我终于可以讲得具体点了。

他的鼻子忽然一阵阵发酸。母亲来杭州这么多次了，没有一次是为了来游玩，不是来享福，而总是来帮他们一把的。而自己，甚至还一次都没有带母亲到西湖边逛逛。

他抬腕看了看时间，赶上那趟火车时间绰绰有余，不过，他已经打算好了，等到了火车站，他再谎告母亲，火车票买不到了，让她等几天再回去。他想好了，明天，对，就是明天，他和妻子、儿子一起，陪老母亲来西湖边逛一逛，散散步，坐坐游船，在湖心岛吃一碗西湖藕粉，再来一盘西湖醋鱼……他要让母亲真正地游历一次西湖。

妈，喊你千声也不厌倦

"妈，我吃饱了。"小女孩走到女人身边，湿漉漉的双手在衣摆上擦了擦，说，"妈，我把碗也洗了呢。"

女人赞许地看了女孩一眼，点点头，继续埋头干着手头的活。她是个补鞋匠。她手头正在补的，是我刚刚拿来的一双旧皮鞋。

"妈，那我看会儿电视啊。"小女孩看起来七八岁的样子。

女人点点头。我扭头看了看，小小的店铺里面，用布帘子隔成了两截，墙角放着一台老式电视机。小女孩打开了电视机，调了几个台，最后停在了一档动画剧节目上。小女孩搬了张小凳子，安静地坐在电视机前。

女人对我说，开口的地方，上点胶水，再机轧一下吧，这样牢固些。我点点头。

屋子里飘浮着一股有点刺鼻的胶水味。

"妈——"小女孩又喊了一声。

女人抬起头，看看小女孩，问，有啥事吗？小女孩笑笑，小嘴巴噘了噘："妈，我忘了有什么事了。"

女人摇摇头，继续忙活。

我笑着对女人说，你女儿嘴巴真甜，一口一个妈。

女人也笑了，这娃，一天要喊几百声妈，有事没事，都要来烦你一声。

小女孩听到妈妈在说她，不高兴了，小嘴巴嘟囔着："妈，你又说我坏话了吧？再说我坏话，我不喊你了。"

女人没抬头，妈没说你坏话，妈夸你呢。

小女孩乐了："妈，我晓得你没说我坏话，我逗你呢。"

听母女俩的对话，真是一件趣事。

上了胶水，需要等一会儿，女人拿起了另一只要补的鞋。

我问女人，以前好像没看到过你女儿。

女人说，孩子她爸在工地上做木工，孩子一直留在老家，爷爷奶奶照顾着。前几天，学校放假了，爷爷奶奶要做农活，管不了孩子。夏天，孩子喜欢玩水，我们那儿每年夏天都有孩子被水淹死的。放在老家实在不安心哪。正好我新租了这个小门面，比以前在路边摆地摊条件好多了，就把孩子给接来了。

女人看了一眼小女孩。这孩子，从小我们就没怎么带过她，孩子出生的第二年，我就和孩子爸爸一起出来打工了，每年只有春节才能回去一趟，见孩子一面。以为孩子跟我们生分了，没想到，孩子还是跟我们这么亲，但我们对她的付出，真是太少了。女人的话里，又是欣慰，又是歉疚。

"妈，你咋又说我呢？我就是喜欢喊你嘛，妈！妈！

妈——"小女孩撒娇地连喊了几声"妈"。

我的鞋修好了。走出修鞋铺，我听到身后小女孩又在喊："妈，那我做会儿作业了啊。"声音那么甜。

从我身边，跑过几个小男孩，浑身晒得黑黝黝的。这个城中村里，租住了很多外地农民工和做小生意的人，这些孩子，大多是他们的父母临时从老家接来的。毒辣辣的阳光下，他们玩得多么开心。

我知道，对他们来说，这是一次短暂的聚会，一年中，唯有这些天，他们可以和自己的父母厮守在一起，至少晚上，父母们能从各自打工的工厂、工地、店铺，回到出租屋——这个简陋的家中。也唯有这些天，他们可以当着父母的面，喊一声："爸！""妈！"

爸，妈，喊你多少声，我也不会厌倦。

总是站起来的那个人

　　一家人围坐在餐桌旁，吃饭。

　　母亲是最后一个坐上桌的，她总是最后一个才上桌。忙好了饭菜，又将饭菜一碗碗端上桌，连筷子都摆好了，这才高声喊我们："开饭了！"于是，一家人从各自的房间里走出来，围坐在餐桌旁，一边吃着热乎乎的饭菜，一边开始聊一些五花八门的话题。

　　我们习惯了这样的生活，这样的生活已经持续了几十年，好像与生俱来就是这样的。

　　话题是聊不完的。儿子在学校里发生了许多新鲜事；妻子单位里的同事哪个又结婚了，哪个又离婚了；妹妹的生意，永远像股市一样波澜壮阔；我的写作进度，还是像老驴拉磨……在所有人中，儿子抛出的话题，常常获得最高的关注；难得发言的是母亲，她端着饭碗，眼睛盯着讲话的人，似乎插不上一句嘴。

　　忽然有人喊，汤勺呢？闻声一看，鸡汤盆里，鸡汤飘着缕缕香气，却没有汤勺。母亲赶紧放下饭碗，站起身，喃喃笑着说，你瞧我这个记性，又忘记拿汤勺了。样子像个犯了错误的孩子。母亲迈着碎步，走进厨房，拿来了汤勺。

大家继续吃饭。儿子突然一拍脑袋，给我们讲了一个班级里发生的笑话。笑话一点也不可笑，但我们还是很配合地笑得前仰后合。

儿子高兴得手舞足蹈，不小心，筷子被碰落到了地上。儿子弯腰捡起筷子，我正准备让他自己去厨房再换一双筷子，母亲已经放下饭碗，站了起来，去厨房又拿了一双干净的筷子来，递给儿子。儿子接过筷子随口说了声，谢谢奶奶。母亲笑得眼睛眯成了一条线，"这孩子，跟奶奶客气啥啊！"

大家埋头吃饭，谁搛起一口菜，嘀咕了声："好像有点凉了。"是啊，外面天寒地冻，这么冷的天，难怪饭菜吃着吃着，就凉掉了。

母亲放下饭碗，站起身，"我去热一下。"说着，端起两盘炒菜，走进了厨房。从厨房里传来吱啦声。不一会儿，母亲就端着两盘热气腾腾的菜，回到了餐桌旁。

大家都将筷子伸向那两盘热菜，真好吃……

丁零零！突然，家里的电话，响起来了。我正准备起身去接，母亲已经站了起来，"你们快趁热吃饭，我去接电话。"

母亲的饭碗，搁在桌上，已经看不到一丝热气，估计吃了一半的饭，都凉透了。突然意识到，仅仅这一顿饭工夫，母亲就已经放下饭碗，站起来三四次。饭桌上，母亲就像时刻绷紧了弦的士兵一样，随时准备站起身来。

母亲一次次站起来，是想让我们其他人安安心心地吃顿饭啊。如果留意一下，就会看出，其实在我们每个家庭的饭桌上，都有这样一个人：当厨房里的水烧开了，当菜凉了需要再热一下，当电话铃声响起，当谁需要餐具或调料……他（她）总是及时站起身来，去帮我们。这个人，如果不是我们的母亲，就一定是我们的父亲。

　　总是站起来的那个人，是用一辈子在呵护我们的亲人啊！

煎蛋术

女儿要出嫁了，向母亲学几招过日子的小窍门。

早起，跟着母亲学煎鸡蛋。母亲煎的鸡蛋，好看，呈半椭圆，像上弦月；色白，微微焦黄；好吃，外脆内嫩。每天早晨，盘子里都会有三只煎蛋，一家三口一人一只，多少年了，一直是这样。

母亲将平底锅烧热，加油，然后拿起两只鸡蛋，轻轻一磕，一只鸡蛋破了，蛋黄在蛋白的裹挟下，顺势滑入锅中。有意思的是，另一只鸡蛋完好无损。女儿问，要是磕不好，两只鸡蛋同时破了，岂不是一起滑入锅中，搅和在一块了？母亲笑了，傻丫头，用一只鸡蛋去磕另一只鸡蛋，往往是被磕的那只鸡蛋先破了。人也是这样，受伤重的大多是被动的那个人。两口子过日子，要和气，永远不要硬磕硬。女儿笑笑，这就教育上了呢。

待鸡蛋冒出热气，母亲将火拧小，说，火候很关键，火太大，底下很快熟了，焦了，上面却还是生的。炒菜要用大火，炖汤和煎蛋，则必须用小火，急不得。这就像你们小青年，谈恋爱，是大火，火烧火燎，扑都扑不灭；但结了婚，这过日子可就是个细活了，像流水，得慢慢过，一天天过，必须用小火。

母亲边说，边拿起筷子，轻轻地将圆圆的蛋黄拨破，黄灿灿的蛋黄，向四周散开，像一层镏金，铺在蛋白上。这是母亲煎蛋与众不同的地方，别人煎的蛋，蛋黄是完整的，高傲地躺在中心。但母亲煎的鸡蛋，蛋黄都均匀地铺散在蛋白中了，平展，白中偏黄，尤其是在入口时，嫩的蛋白，香的蛋黄，混合在一起，爽口，脆香，不腻。母亲说，你小时候不喜欢吃蛋黄，从那时候起，煎蛋时我就将蛋黄搅均匀，煎出来的鸡蛋就分不出蛋白和蛋黄了。原来是这样，女儿抱了抱母亲。

说着话，一面已经煎好了，母亲用筷子轻轻一夹，一抄，给鸡蛋翻了个身，煎另一面。

一只又嫩又白又黄的鸡蛋，煎好了。母亲将煎蛋盛入盘中，拿起剩下的两只鸡蛋，轻轻一磕，鸡蛋滑入锅中。这只鸡蛋有点散黄了，筷子轻轻一碰，蛋黄就均匀地铺散开了。

又煎好了一只鸡蛋。母亲拿起最后一只鸡蛋，轻轻地在锅沿上一磕，鸡蛋滑入锅中。

很快，三只鸡蛋都煎好了。女儿端起盛着三只煎蛋的盘子，喊爸爸，吃早饭了。

母亲说，慢一点儿，你知道哪一只煎蛋是你的，哪一只是爸爸的吗？

女儿不解地看看母亲，又看看盘中的三只煎蛋，随便啦，这有什么分别吗？

母亲点点头。

女儿忽然明白了什么，笑了，用手指着一只煎蛋说，这只一定是我的，因为我每天吃的煎蛋，都是你煎得最好看，也是最好吃的那一只。

母亲点点头，又摇摇头，平时是这样，但今天不是。这只鸡蛋虽然煎得最好看，但它有点散黄了，不太新鲜了，所以这只煎蛋不是给你吃的，而是我的。

女儿动情地看着母亲。那么，哪一只是爸爸的？是最大的这只吗？

母亲又一次点点头，但又摇摇头，没错，你爸爸最辛苦，饭量也最大，因此，他应该吃最大的。但这只煎蛋，看起来最大，只是在煎的时候，摊开得比较大一些，但很薄，其实，另一只更大些，因此，那一只才是你爸爸的。都是我煎的鸡蛋，所以我最清楚，哪一只煎蛋是我们哪个人的。

女儿激动地说，这么说，每天早晨放在我面前的煎鸡蛋，其实你都是有选择的？

母亲反倒有点难为情了，摆摆手，只是个习惯罢了。

女儿的眼睛有点湿。她恍然明白，这个早晨学到的不仅是母亲煎蛋的技术，还有她默默地对这个家庭和每个成员的付出，那才是这么多年来最营养的早餐啊。

第二辑

父亲都是艺术家

你们的父亲，是环卫工，是垃圾王，是泥瓦匠，但也是艺术家，因为他们创造了生活，养育了你们。而这，是多么了不起的一件事情！

父亲都是艺术家

作文本收上来了，他在昏暗的灯光下，一本本批改。

这次的作文是写写自己的父亲。他觉得，这些来自农村、跟随打工的父母进城的孩子，事实上对于自己的父母了解并不多，而尤其让他担忧的是，有的孩子对自己农民工身份的父母有一种自卑和轻视，认为自己的父母与那些城里孩子的父母比起来，身份低微，素质不高。他希望通过这篇作文，让孩子们对自己的父亲有更多一点儿的了解和理解，从而加深亲子关系。

一篇篇看下来，基本上都是写自己打工的父亲，怎么辛苦，如何劳累，多么卑微。这也难怪，农民工子弟学校的孩子，父亲不是工地上的泥瓦匠，就是车间里的操作工；不是烈日下扫马路的，就是码头上挥汗如雨的搬运工；不是在小区收购垃圾的，就是气喘吁吁的送水工。

又打开一本。作文的标题让他眼前一亮，《我的艺术家爸爸》。艺术家？这怎么可能！在这所条件极其简陋的农民工子弟学校，别说没有艺术家的子女，就连一个普通的城里孩子也不曾有过。本能的感觉是，这个孩子是虚荣心作怪，编故事。

好奇地读下去。孩子写道，我的父亲有一个很大很大的工作室，这里堆满了大小、粗细、厚薄不一的木头和木板，空气里弥漫着木头的香味，地上到处都是卷曲的刨花，而刨花下面，是泥土一样细碎的木屑，刨花就是这些木屑土上开出的花朵……

难道孩子的父亲，真的是一个民间雕刻家？忍不住好奇，继续读下去。接下来，孩子笔锋一转：没错，我的爸爸是一个木匠，但在我的眼里，他就是一个艺术家。

看到这里，他忍不住扑哧一声笑了，果然只是一个普通的木匠。

再读下去，他的笑容凝固了。孩子写道，爸爸是建筑工地上的一名普通木工，那些大楼里的很多木活，都是爸爸做的，他靠自己勤劳的汗水，养活了我们一家。爸爸虽然只是一个木匠，但他心灵手巧，木头在他的手下，仿佛都有了生命。刚搬到出租屋时，我们家一无所有，很多东西都是爸爸亲手做出来的，比如我做作业的桌子，就是爸爸用工地上废弃的边角料做的，其中的一条腿，竟然是用四截短木棍连接起来的。每个榫眼，都严丝合缝，咬合在一起，整张桌子，甚至都没用一根铁钉。

孩子骄傲地写道，爸爸经常会带一两个小玩具回来，给我和妹妹，那都是他利用中午的休息时间，用碎木块做出来的。我十二岁生日的时候，他给我做了一只木刻小公鸡，那是我的属相，至今挂在我的床头。有一次房东看见了，爱不释手，以为是从哪个精品店买的。因为他也属鸡，爸爸就也给他做了一个，还按照他们家每个人的属相，各做了一个木刻，现在都挂在房东家客厅的墙上。爸爸给我做过手枪，做过棋盘，做过文具盒，还帮我们学校修过桌椅呢。

最后，孩子写道，爸爸是建筑工地的木工，我没有看过他在工地上做过的东西，但我想，那些住进大楼里的人，一定像我一样，使用过并喜欢上他做的东西。爸爸小时候家里穷，没读过几天书，不然的话，他一定会成为一个艺术家。不，在我的眼里，他现在就是一个艺术家，能让每一根木头说话、让每一片刨花唱歌的艺术家。

他的眼睛湿润了。他觉得自己差一点儿误解了孩子。不知道为什么，他的眼前，突然浮现出自己父亲的影子。在他的眼里，自己的老父亲只是一个老实巴交的农民，一辈子没有离开过土地，一辈子没有离开过穷困的村庄。播种，锄草，捉虫，收获，日复一日，年复一年。他忽然想，在那么贫瘠的土地上，老父亲养育了自己，这是多么厚重的一件事啊。

他想好了，就以孩子的这篇作文做范文，他要念给其他的孩子们听，并大声地告诉他们：你们的父亲，是环卫工，是垃圾王，是泥瓦匠，但也是艺术家，因为他们创造了生活，养育了你们。而这，是多么了不起的一件事情！

孩子，我在等你犯错

我问儿子，今天看电视了吗？

暑假，白天都是儿子一个人在家，为了控制他看电视的时间，我们规定，不许白天看电视。儿子故作轻松地回答说，没有哇。我盯着他，又严肃地问他，真的没看吗？你要诚实地回答我。

儿子低下了头，我错了，我看了一下午电视。因为未经允许看电视，还撒谎，儿子理所当然地受到了惩罚。

接受完惩罚，儿子怯怯地问我，爸爸，你是怎么知道我看电视的？怎么每次我一犯错误，你就能抓住我，好像总是跟在我身边似的。

其实，下班一回到家，我就悄悄摸了下电视机，机身是热的。这个秘密，我当然不能告诉你。但是，孩子，有一点你说对了，每次你犯错误的时候，我都会恰到好处地出现在你身边，就像猎人总是及时出现在猎物面前一样。没错，你所犯下的每一个错误，都是我的猎物。

你已经是个翩翩少年了。你知道吗，这十几年，你一直不断地犯着错误。

刚刚学会爬的时候，你对什么都充满了好奇，忍不住摸摸、玩玩。可是，这个世界并不是所有的东西都是你的玩具，有的会伤害你。你太小了，不能理解大人的话。唯一教会你认识危险的办法，就是让你犯个错，并因为这个错误而承受后果。我们一再告诉你，爸爸的热水杯是不能碰的，但你老是想拧开爸爸的杯子，有一天，我故意将杯子放在你能够着的地方，你兴奋地用手去摸那只充满了诱惑的杯子，结果，你粉嫩的小手被杯子很不客气地烫了一下，你痛得哇哇大哭。我一边抚慰你，一边告诉你，杯子里装着热水，会烫人的，不能随便碰。这个世界，有很多杯子一样的东西，我们需要它，但是，弄不好它也会伤害我们。我不知道我说的话你有没有明白，但此后很长时间，你都不再乱碰杯子，直到你学会先用手背去试探一下温度。

在你成长的过程中，几乎总是伴随着错误。学走路的时候，你看起来多么兴奋啊，在大人的帮扶下，你一刻都不肯停下脚步。当你跌跌撞撞地自己迈出人生第一步的时候，我和你妈妈的眼里都充满了激动的泪水。很快，你不满足于在家里的地板上走路了，你要到外面去走。我牵着你的手，和你一起来到了室外。灿烂的阳光，似乎专为了欢迎你。我悄悄松开了你的手。没走几步，你就被地上一块凸起的小砖头给绊倒了。你哭了。我将你扶起来，指着那块小砖头，告诉你，走路时要避开它。你似懂非懂地点点头。孩子，其实，那块砖头我早看到了，我知道你不会注意到它，你刚学会走路，只会看天，不知道看路；我也料到你一定会被它绊倒，因为你还不会绕过它。即使不是这块砖头，也总有其他砖头，将你一次次绊倒，这一点儿也不奇怪。你被绊倒了，摔痛了，你就会从此记住，路上的石头是会绊脚的。明白这一点非常重要，一生当中，我们会遇到多少这样的石头啊。这一跤，你一定得摔，而且，天知道我们要摔多少跤，才会真正长大。

你终于可以自己满世界地跑了，再也不需要大人跟在你的身后了。孩子，你不知道，父母的视线，其实一刻都没有离开过你。还记得吗，有一年冬天，小区里的水池里刚结了冰，你就尝试着想从冰上走。那么薄的冰，哪能承担得了你的体重呢？你的脚刚刚迈上去，冰就咔嚓一声碎裂了，你一脚踩进了刺骨的冰水里，吓得尖叫起来。我冲过去，一把将你拽了上来，抱回家中。事后，我记得你问过我，咋就那么神，你刚掉进水池里，我就像救星一样出现在了你的面前。孩子，你并不知道，看到你一脸好奇地走近水池边，我就一直在暗自注视着你，我知道你会不知深浅地在冰上走，而只要你踩在冰上，就一定会掉进水池里。我当然可以制止你，让你不要犯这个错误，但我没有。我不想阻止你的探险，人一定得有一点儿好奇心，要有一点儿探险精神。同时，说实话，我想看着你犯错，错误会让你吃苦头、长记性的。

孩子，你说得对，每次你犯错的时候，我都会及时发现，并出现在你的面前。因为我知道你会犯错误，而有的时候，我甚至有点迫不及待地等待着你犯错误。

有一天，你和几个小朋友在楼下玩，站在窗前，我看得十分清楚。看到你和小朋友们玩得这么融洽，我很开心。可是，突然，你和其中一个比你小的小朋友发生了矛盾，好像是为了一个玩具，最后，你竟然从他手上强行将玩具抢了过来。看到这一幕时，我简直不敢相信自己的眼睛，那是你吗？我的孩子，为了一个小玩具，你竟然学会了无耻地抢夺。我迅速冲下楼，严厉呵斥了你的行为，让你将玩具还给人家，并向他道歉。回家之后，你被罚面壁思过一个小时。你心甘情愿地接受了惩罚，因为你知道你错了。

我的孩子，我知道迟早一天，你会犯这个错误，这一天，终于来了。虽然你从小就非常善良，通情达理，可是，面对比你弱小的人，面对诱惑，总有一天，说不定你也会恃强凌弱，甚至巧取豪夺。今天，你终于犯下了这个错误，所幸的是，我及时发现，并制止了你的错误。我惩罚你，就是要你记住，欺凌、掠夺别人，是严重错误的，永远也不要再犯这样的错误。

人这一辈子，必然会犯各种各样的错误，犯错误并不可怕，可怕的是犯了错却不自知，可怕的是一犯再犯，可怕的是明知故犯。你成长的过程，其实就是一个不断犯错、不断认错、不断纠错的过程。我在等你犯错，就是要抓住一切机会告诉你，那样做是错误的，那是你绝不能再犯的错误。

孩子，我无力为你指出人生中的每一个错误，但我希望，在你年少时，多犯几个错误，我们共同来面对它，纠正它，克服它。这样，当你长大成人，独立面对社会时，就会少犯几个错误，少跌几个跟头啊。

谁关注你的背影

　　母亲从老家来。从火车站接到母亲，穿过车站广场，向停车场走去。母亲年纪大了，走得慢，虽然他放慢了脚步，但母亲还是落在了后面。

　　上了车。母亲忽然心疼地对他说，你的背怎么有点驼了？是不是趴在桌子上太久了？他是做文字工作的，每天都要伏案头十个小时。他点点头，没关系的。母亲轻声说，可你爸在你这个年纪的时候，腰杆还挺直的呢，你要照顾好自己啊。

　　父亲去世已经八年多了。记忆中的父亲，印象最深刻的，是他生命中的最后时光，躺在病床上，蜷缩成一团，干瘦，脸色蜡黄，了无生气。但只要子女来到病榻前看望他，他就会强撑着坐起来，面带笑容。父亲的背影，他还真记不大清了。从小，他就喜欢走在前面，大步流星，或者奔跑。总能听到身后的父亲或者母亲，大声地提醒他，慢点，注意安全。因为总是跑在前面，他很少看到父母的背影，或者是看到了，却根本没有留意。

父亲的背影，到底是怎样的？他一边开车，一边努力地回忆。脑海中浮现的，却都是父亲忙碌的身影，竟然没有想起一个完整的背影。他看了一眼后视镜，与坐在后排的母亲，目光碰到了一起，母亲一直在盯着他看，盯着他的背影看。

　　他的心猛地颤抖了一下。人到中年，他发觉自己不知道从什么时候开始，也时常怀旧，变得多愁善感了。脑海中突然跳出来一个背影，是儿子的。

　　那是去年秋天，他和妻子一起，送儿子去成都上大学，顺便旅游一趟。陪儿子办好了入学手续，在学校门口，和儿子告别。儿子转身向校园走去。这时，一辆开往火车站的公交车来了，他喊妻子赶紧上车，妻子却一动不动，目不转睛地向校园里张望，他循着妻子的目光看过去，在来来往往的人群中，他一眼就看到了儿子的背影，瘦削，高大。公交车开走了。他和妻子一直目送着儿子的背影，消失在尽头的拐弯处。儿子一直没有回头。他看到妻子的眼里，噙着热泪。妻子叹了口气，心疼地说，儿子太瘦了，你看他的背影，跟个电线杆似的。

　　儿子不会知道，妈妈和爸爸一直在他的背后，默默地注视着他渐渐远去的背影。

　　就像那天一样，儿子留在他脑海中的，有很多很多背影。

　　从儿子蹒跚地迈出人生的第一步那天开始，他和妻子，似乎就习惯了他的背影。儿子学步了，他小心翼翼地跟在儿子的身后，随时张开双臂，以防儿子绊倒；儿子会跑步了，他一路小跑跟在后面，不时地提醒儿子，注意别摔倒。看着儿子轻快矫健的背影，他露出了开心的微笑；儿子上学了，每天送儿子到学校门口，目送儿子背着书包走进校园了，他才放心地离开；儿子高考的时候，他答应儿子，不送他到考场，以免给他造成精神压力。儿子一走出家门，他和妻子就走到窗前，看着儿子走出居民楼，向小区外走去，直到他的背影，完全看不见了。

他知道，随着儿子一天天长大，留给他和妻子的，将是更多的背影。

他忽然意识到，作为人子，他却很少关注自己父母的背影。年少时上课读朱自清先生的《背影》，他怎么也体会不到朱自清先生的那份情感，甚至觉得作者太煽情了。等到自己长大成年了，目送的，也大多是自己孩子的背影，很少有父亲或者母亲的背影。他总是走在前面，他像自己的儿子一样，把背影留给了父母双亲。

车开到小区外。他打开车门，搀扶母亲下车。他和母亲一起，向自己的家走去。路上，他故意放慢脚步，走在了母亲的后面。母亲七十多岁了，腰板还不错，但是，步履已经有点蹒跚，迈着碎步。母亲真的老了。

母亲突然回头。他揉揉眼睛，加快了脚步，和母亲并肩，缓缓地向家走去。

有时候，人生需要回一回头。回头，你就会看见，默默地注视着你背影的那个人。那个人，一定是这个世界上深爱着你的人。

请传递给下一位

一场大雪，将我们困在了沪浙皖高速上。

七个多小时过去了，车龙动都没动一下。又饥又寒，我们一家三口，蜷缩在小车里。为了省油，车早熄了火。

儿子又喊饿了。还是早上吃的一点儿早饭，我们也饿，可是，车上仅有的几盒饼干已经吃完了，只剩下几袋方便面和冰冷的矿泉水。妻子只能无力地安慰儿子。

我下车看了看，车龙前不见首，后不见尾。路面上的积雪已经有十几厘米厚，而且结了冰，踩在上面，很滑，根本不能行走。高速路外，完全被大雪覆盖，甚至连个村庄都看不见。儿子在车里嚷，会不会是《后天》降临了啊。《后天》是一部美国电影，场面很恐怖。

我回到车上，打开收音机，调到交通频道，收音机在反复播放，因为骤然而至的大雪，高速都已经封道了。我们这条沪浙皖高速也封了。政府正在组织抢修。

突然，前面的小车车门打开了，走下来一个中年男人，只见他扶着车子走到车头，接过一个袋子，又扶着车子走到车尾，在朝我打手势。

我下了车。中年男人大声喊，这是前面送过来的盒饭，你帮忙往后传一下。

我小心翼翼扶着车子，挪到车头，伸出手，将他手里的袋子接了过来。疑惑地问他，怎么回事啊？

他说，我也不知道，袋子里是盒饭，是我前面的车子传过来的。听他一说，我抬头往前一看，果然前面每辆车子边都站着一个人，在摸索着传递。中年男人大声说，可能是有人将盒饭送上了高速，路太滑，没法一辆辆送，才想出让大家互相传递的办法吧。

我明白了。扶着车子，我慢慢挪到车尾，喊我后面的驾驶员。后面是辆大货车。我将中年男人的话重复了一遍，请他将盒饭往后传递。

又一袋盒饭传了过来。中年男人问我，车上有老人和孩子吗？有的话，先拿一份盒饭。我感激地冲他笑笑。

就这样，大雪纷飞中，一袋袋盒饭从前方传来，又从我的手上，传到后面车上的人。几次听到惊叫声，路太滑了，虽然扶着车子了，不小心，还是会摔倒。雪飘落在每个人的头上、脸上、身上。我前面的人、后面的人，都像个雪人。

终于，后面的货车司机告诉我，不用再传了。后面的人，都已经接到盒饭了。

这一袋盒饭，是我和妻子的。坐在车里，打开盒饭，还冒着温温的热气。

几个小时后，高速终于恢复了通车，长长的车龙在缓慢地向前移动，每一辆车，都打开了双跳灯，温暖的橙色，在冰天雪地的高速上，汇成了一股暖流。

我们缓慢而温暖地，走在回家的路上。

放风筝的父与子

　　城市广场，很多人在放风筝。

　　大多是男人带着孩子，女人则坐在草地上，笑吟吟地看。

　　我注意到了一对父子。他们之所以特别醒目，是因为他们的风筝比别人的都大，看得出是自己做的。也许是父亲亲手制作的，也许是父子俩一起做的，母亲大约也帮了不少忙，因为裁剪和缝纫的针脚，精细缜密。做出这样的风筝，肯定花了不少时间和心思，但过程一定充满了快乐和期待。

　　他们将风筝平铺在地上，孩子牵着风筝的尾，父亲开始放线。放了十几米，父亲回头，将线拉直、绷紧，然后，右手拽住线，高高举起。父亲的这个高度很重要，风筝能不能顺利飞起来，与他手中的线能举得多高有很大关系。很多事情都是这样，起点很重要。

　　父亲看着孩子，问，你准备好了吗？

　　孩子兴奋地回答，好了。

父亲大喊一声，"放！"同时，转身，一手举线，一手拿着转盘，快速奔跑。他身后的风筝，摇摇晃晃地飞了起来。

孩子飞快地跑向父亲，他很快就追上了父亲。你很难想象，一个孩子的奔跑速度能有多快，他总能追上父亲，并且最终一定跑得比他还快。

风筝已经升到了树梢的高度，它必须飞得更高。这时候除了继续奔跑外，还需要一点儿风。风总是有的，只是大小不同而已，一个高明的人，即使在你感受不到一丝风的时候，也能把风筝放飞到天空，他靠的是力量和智慧。而现在是春天，一个多风的季节，最重要的是，升腾的地气能够助你一臂之力，让风筝轻快地飞往高空。春天，除了万物生长外，也比任何时候都更容易放飞风筝和梦想。

父亲将手中的转盘和线，都交给了孩子。孩子激动地接过来，紧紧地拽住风筝的线。他一圈圈地将转盘里的线放出来，希望风筝快一点儿飞到高空。可是，风筝突然在空中打了一个趔趄，摇摇晃晃，像喝醉了酒一样。儿子慌了手脚，不知所措，父亲赶紧一把将线拉紧，紧绷的线使半空中的风筝停止了摇摆。等风筝完全稳住了，父亲告诉儿子，可以继续放线了。

孩子很快就搞懂了放风筝的诀窍：紧一紧，是为了稳住风筝，不让它失去重心和方向；放一放，是为了给风筝自由，让它能够飞得更高。孩子笑了，父亲也笑了。

他们的风筝，飞得越来越高。

转盘里的线已经不多了，孩子想将最后一点儿线也放掉，这样，风筝就能再飞得高一点儿。但父亲阻止了他，父亲告诉他，如果将线全部放完了，一旦风筝在空中遇到强风什么的，你就没有线可放了，也就失去了缓冲的余地，风筝很可能被强风卷走，线断而去。孩子似懂非懂地点点头。他仰起头，自豪地看着高空中的风筝，像鸟一样翱翔。

　　他们牵着高空中的风筝，走到了一个女人的身边。女人抬起头，一手遮在额前，眺望高空。她看到了他们的风筝，飞得那么高、那么稳，她摸摸儿子的头，甜甜地笑了。

　　在晴朗的天空中，飞满了风筝。城市广场上，到处是笑意盈盈的人们，男人，女人，和他们的孩子。

　　我给在远方上大学的儿子打了一个电话，告诉他，我和他妈妈一切安好，他也告诉我，他现在的生活很充实，很快乐。我笑着挂了电话。

被孩子影响的生活轨迹

我已经差不多十年，没有走进过麦当劳店了。

此前我常去。我常去不是因为我在那儿工作，也不是因为我爱吃麦当劳，不，我宁愿啃一块路边小店烤的大饼，也不愿意吃麦当劳的食物。但是，我儿子小时候特别爱吃西式快餐，离我家不远的这家麦当劳店，就成了我常带他去打牙祭的地方。路边靠窗的第二个座位，就是我们父子俩常坐的位子。他吃，我看着他吃。

最后一次陪他去吃麦当劳，是他初中一次考试后。自那之后，他也许隔三岔五还会去吃一顿，但不再让我陪着，而我自己，虽然经常路过，却再也没有跨进去过半步。路边靠窗的第二个座位上，偶尔也会坐着一对父子，像我和儿子当年一样，儿子吃，父亲看着他吃。

伴随着儿子的成长，我们的生活轨迹，也随之改变。

与大多数的孩子一样，儿子小时候，也特别喜欢去动物园玩。老家的动物园很小，动物不多，连狮子和老虎都没有，但儿子还是喜欢得不得了，每次我们带他去动物园玩，都像过节日一样。后来，我们全家搬到杭州，第一次带儿子去虎跑路的动物园玩，那么大的动物园，把儿子乐坏了，兴高采烈地玩了一天，傍晚，人家动物园要关门了，还恋恋不舍，不肯离去。因为儿子热爱动物，我们一家人出外游玩，不管到哪儿，动物园都是必去的景点。

儿子上中学后，学业紧张，我们再也没有过全家出动，一起去动物园了。

儿子读的初中，在一处弄堂里，对面是一个很大的居民小区。从大路拐进去，一边是绿地，另一边是各种各样的店铺。因为离家远，每天都是我开车接送儿子。早上送他到校门口，他下了车，我就可以走了，晚上去接他放学，就比较费时间，因为我到了，他却未必下课放学，只能在校外等。干等无聊，便闲逛，闲看。边上的两家书店、一家文具店、两家小吃点、三家小卖铺，还有一家理发店、一家水果店、一家快餐店……我都弄得非常熟稔，比我自家小区门口还要熟悉。整整三年，除了节假日，我天天早晨七点之前，准时把儿子送到这儿，傍晚五点准时来等儿子放学，我的身影一次次穿梭在这个熟悉的弄堂，很规律，很频繁，仿佛会一直这样，永远这样。

三年之后，儿子初中毕业了，去读高中了。自那之后，我再也没有去过儿子初中的学校，以及那个弄堂。那个弄堂依然是热闹的，只是换了一茬人，又一茬人而已。

儿子上的大学，在成都。在此之前，我没有去过成都，甚至连四川都没有去过。儿子去报到，我和妻子都去了。与其说是我们送儿子去读大学，不如说，我们是乘机到四川旅游。虽然同样是第一次到成都，但儿子却像个老练的主人一样，领着我和妻子，看他们学校，游杜甫草堂，逛宽窄巷子，那一刻，恍然觉得，儿子长大了。

在孩子的成长过程中，作为父母，很多时候，我们不得不围着他转。他喜欢去的地方，亦是我们乐意去的地方；他在哪个学校上学，我们就会像对待自己的母校一样，关注它爱护它；只要对他成长有益，我们甘做一切。

如果把我们的生活轨迹标注出来的话，你会发现，你的轨迹，其实就是孩子成长的轨迹；反过来，孩子的所到之处，亦正是你反复踏足的地方。

前几天，偶尔路过儿子读的小学附近，校园依旧，梧桐树依旧，石板路依旧，十几年前的那一天，我就是顺着这个墙根，牵着儿子的小手，送他走进这所学校的大门的。我们的身影，都很久没有再出现在这里了。我仿佛依稀看见，石板路上，一个年轻的父亲，牵着他的孩子，走在梧桐树荫下，走向远方。

你和孩子轨迹重复的地方，是你的陪伴。陪伴越多，爱越浓。

父母的小愿望

　　母亲从老家来。在火车站接到母亲后，准备乘公交车回，公交车很方便，可以直接坐到家门口。没想到，母亲却忽然轻声说，我在电视上看到，杭州的地铁已经开通了，我们能不能坐地铁回家？我摇摇头，地铁不能直接到，中途下车后，还是要转公交车才能回家，反而不方便。母亲怅然若失地"噢"了一声。我笑着对母亲说，再过若干年，我家门口也会通地铁的，市政规划已经公布了。母亲叹口气，不知道我能不能看到那天呢。

　　我的心颤抖了一下，嗔怪她不该这样说。但我猛然意识到，母亲已经七十多岁，是个真正的老人了。我琢磨母亲为什么突然提到地铁，也许是她老人家想坐坐地铁。我对母亲说，妈，我们坐地铁回家。母亲有点喜出望外，但还是嚅嚅地说，坐地铁还要转车，不方便，就算了吧。我说，虽然要转车，但地铁比公交车快。

　　火车站和地铁站是相连的，母亲紧紧地跟着我，向地铁站走去。说实话，虽然杭州的地铁开通已经一年多了，但我还从来没有坐过。在地铁站，母亲欣喜地四处张望，不时发出惊叹，这么宽敞，这么漂亮，这真的是在地下吗？

地铁开动了，母亲坐在座位上，身子扭向后，贴着车窗玻璃往外看。母亲忽然转过身，神秘地贴着我的耳朵，压低嗓门说，外面黑咕隆咚的，什么也看不见，真的是在地下呢，现在人真能干啊。母亲说话的语气，像孩子一样激动而腼腆。

我一直陪母亲坐到了终点站。我们应该中途下车，转公交车的，但我想让母亲多体会一下地铁。那天，我第一次发现母亲像个孩子。

一次和几个朋友闲聊时，我讲了陪母亲坐地铁的故事。朋友大刘跟我们也讲了一个关于地铁的故事。

那是他父亲从乡下来。本来讲好他去火车站接，却临时有急事，走不开，他只好打电话让父亲下了火车后，自己坐地铁来，他家就在一个地铁站附近，很方便。

大刘在外办好了事，赶紧回家，奇怪的是父亲竟然还没到。打父亲手机，才知道，父亲下了火车后，走到地铁站口，犹豫了半天，又怯怯地退了出来。他从来没坐过地铁，不知道怎么买票，不知道怎么刷卡进站，不知道怎么上车，不知道往哪个方向坐车，想问人吧，又怕自己的土话别人听不懂，思来想去，终于没敢坐地铁。

大刘心酸地说，原以为坐地铁是件多么普通的一件事，没想到，对年迈的父亲来说，那却是一件非常艰难的事情。第二天，他就陪父亲坐了一次地铁，老父亲像个孩子一样，好奇地跟在他的身后，认真地看他是怎么买票的，又是怎么刷卡的。后来，老爷子还一个人偷偷去坐过几次地铁。

大家都感叹不已。我们的父母老了，在飞快发展的社会面前，他们有时候就像个古董一样。很多东西，他们没有见过，没有吃过，没有玩过。他们也是有愿望的，只是他们的愿望，往往就像尘埃一样，微不足道。

一个朋友说，自己的父母从来没有走出过大山，连火车都没见过，他们最大的愿望，就是能坐一趟火车。

另一个朋友说，父亲已经去世了，母亲特别想看一看大海。他们原本约好等儿子工作稳定了，就来看看儿子，顺便去舟山看看大海。父亲却没等到那一天。母亲的年龄越来越大了，身体也大不如前，她还有机会看到大海吗？

一个女性朋友说，自己的爸爸妈妈一辈子都没有坐过飞机，她想好了，一定要带他们坐一次飞机。这个想法已经很久了，可惜因为这样那样的原因，一直未能成行。今年，朋友坚定地说，就在今年，一定要完成这个心愿。

她的话，引起了大家的共鸣，在座几个朋友的父母，竟然都没有坐过飞机。对我们来说，坐飞机已经是件很平常的事情了，但对我们父母这辈来说，却是一件非常了不起，几乎遥不可及的大事情。大家相约，凑个时间，把我们各自在老家的父母都接到杭州来，然后，一起坐飞机，去一个他们一辈子也没去过的地方——这样的地方很多很多，他们有太多的地方没有去过。

陪父母去坐一趟地铁吧，陪父母去坐一次飞机吧，陪父母去坐一次游轮吧，陪父母出一趟远门吧，这也许正是他们心中的一个小小愿望，只是担心烦扰了我们，他们才将这个小小心愿一直隐藏在心底。而如果你不去陪伴，带他们实现，他们这辈子就可能永远也没机会坐一次飞机，永远也没出过一次远门，没看到一眼外面的世界。

　　对我们来说，这并不难，那就赶紧开始吧，还等什么呢？

爱的移位

　　每晚，儿子都要回家，看望独居的老父亲。

　　儿子摸摸藤椅，轻轻摇了摇，藤椅吱呀吱呀地响。儿子弯腰检查，发现藤椅一条腿上的藤条松了。每次回家，儿子都要仔细地查查，老父亲坐的椅子，是不是结实；门把手，是不是牢固；柜子，是不是稳定。老父亲老了，即使在家里活动，也得依靠那些能够随手抓到的东西，使一把劲，他得确保老父亲家里的每一件东西，都稳固、结实，以免老父亲使用时发生意外。

　　这把藤椅是老父亲最喜欢坐的椅子，他坐在上面读读报纸，坐在上面看看电视，坐在上面打个盹，坐在上面发下呆，坐在上面思念母亲……在儿子的印象中，老父亲大把大把的时间，都是在藤椅上度过的。藤椅陪伴了他二三十年，也许更久，现在它有点松了，不再像以前那么牢固了。儿子赶紧找来工具，先用铁丝将藤椅的腿绑牢，然后，用旧衣裳撕成的布条，一层一层地缠起来，这样，藤椅就既结实，又不会伤着老父亲了。

若干年前，年轻的父亲自己动手，用木头做了几把轻便的桌椅，专门给儿子用。年幼的儿子很调皮，任何东西都会成为他的玩具，小椅子也不例外。害怕椅子太重，砸伤了孩子的脚，所以，年轻的父亲特地找来质地最轻的梧桐木，做成了几把椅子和一张小桌子，并且耐心地将每一个角都磨圆，这样，即使孩子碰着了，也不至于弄伤他。

　　儿子走进书房。老父亲一辈子爱书，一面墙都是书架，摆满了各种各样的书籍，老父亲现在还经常找几本出来读读。每隔一段时间，儿子都会帮老父亲整理、清理一下书架，将老父亲常翻的一些书移到书架的下层，这样，父亲拿起来方便，就不用自己登高去翻找了。老父亲的年龄越来越大了，每登高一次，都会增添一分危险。为了防止老父亲爬高，儿子将家里的东西都尽量往下搬，移到伸手可及的地方，这样，老父亲需要什么，随手打开柜子，就可以拿到了。可是，倔强的老父亲，有时还是会偷偷地站在凳子上，找这找那，这让儿子非常担心，他几次"严厉"地"警告"老父亲，若是再站凳子的话，他就将书架上面几层给封死，以杜绝危险的发生。

　　若干年前，儿子从蹒跚学步到自如地奔跑跳跃，一天天长大。儿子给这个家，带来了无穷的快乐。但是，这个调皮的男孩，也因此造成了一次次险情。好奇心使他什么东西都要看一看，什么东西都要摸一摸，什么东西都想玩一玩。为了不伤到他，年轻的父亲只能将家里一些易碎和危险的东西，往高处藏：放在茶几上的玻璃杯，都移到了柜子上；摆在桌上的花瓶，挪到了橱顶上；开水瓶藏在了厨房平台的最里层。可是，这一切反而更激起了孩子的好奇心，年轻的父亲越将东西往高处藏，孩子越想看一看，他趴在桌子或柜子沿上，踮起脚尖，再踮起脚尖，然后，伸手去探，去摸，去捞，去够……啪！一个玻璃杯碎了；哗啦！一个装满东西的盒子摔到了地上。年轻的父亲看到孩子的模样，真是又好气又好笑，佯装严厉地"警告"他，再这样小心揍屁股。而他从没有因此打过孩子，他怎么能够阻止一颗向往、好奇、长大的心呢？

　　将家里认真检查了一遍之后，儿子来到客厅，在沙发上坐了下来。老父亲正在看一部重播的古装历史剧，他对这种古装戏其实没什么兴趣，但他还是每晚陪老父亲看上一集。有一次，老父亲对打着盹的他说，你累了，赶紧回去休息吧。他惊醒了，对老父亲说，回去只能陪她看煽情的肥皂剧，您就让我在这儿多看一会儿吧。老父亲乐了，女人都这样，你母亲在世时，不也喜欢看那些电视剧吗，你要让着点她。儿子点点头。儿子和老父亲，继续有滋有味地看着电视剧。

　　若干年前，儿子上中学了，学业越来越紧张，应试、升学，将全家人的弦，都绷得紧紧的，特别是高考之前那段时间，家里的空气沉闷得就像炸药，随时都会被点爆。父亲和母亲在家里走路，都是踮着脚尖的，生怕轻微的响动，影响了紧张复习的孩子。一次，儿子惊讶地发现，家里的电视机很久都没有打开过了，他问父亲，你们怎么不看电视了啊？父亲不屑一顾地说，电视节目越来越粗糙，越来越难看，看了就生气，不如不看。儿子信以为真。直到他高考结束那天，家里的电视机，才和父母的笑声，一起重新响了起来。

夜慢慢深了。儿子将老父亲搀扶上床，然后，告别老父亲，轻轻带上门，回自己的家去了。

若干年前，每个寒冷的冬夜，父亲都要披衣起床，蹑手蹑脚走进儿子的房间，将儿子蹬开的被子掖好。儿子翻了个身，又沉入甜甜的暖暖的梦乡。他不知道这一切。

密　码

　　为了防范儿子擅自使用电脑，我们可谓动足了脑筋。将房门锁起来，他总是能想办法找到钥匙；将房门钥匙带走，他竟然冒险从阳台爬进我们的卧室。即使我们都在家，他也会乘你洗澡或者上厕所时，钻个空子，溜进卧室过把电脑瘾。

　　无奈，我们将电脑设置了密码。为了便于记忆，我们家的存折密码都是儿子的生日。电脑密码于是也设置为儿子的生日。给电脑上把锁，看他还有什么辙。

　　星期天，我们有事出门，留下儿子一个人在家。卧室门开着，省得他又干出什么冒险的事情来，反正电脑有密码保护。

　　我们失算了。下午回到家，小东西正埋头电脑前，眼睛玩得发直，连我们开门进屋，也浑然未觉。密码被他破解了。

　　我们赶紧修改密码。吃一堑，长一智，这次必须弄点又好记又让他难以破解的密码。我们决定换成妻子的生日来做密码。这小子，我和妻子的生日，告诉他无数遍，可他就是记不住，这让我们很失落。

又一次出门，我告诫儿子，不准碰电脑。儿子很乖巧地说，我知道你们换了密码，想用也打不开电脑了啊。我暗自好笑，谅你也解不了，没心没肝的东西，谁让你连爸爸妈妈的生日都记不住。

晚上回家，儿子果然安静地在做作业，呵呵，密码有效。

可是，走进书房，我却大吃一惊，几只抽屉被翻得乱七八糟，就像被贼洗劫过一样，赭红色的户口簿，摊放在显眼的地方，我立即明白了。看来儿子为了破解我们的密码，真是煞费苦心啊。我相信他现在一定已经记住了我和妻子的生日，可惜不是因为亲情，而仅仅因为它们可能是打开电脑的密码。

伤感，无奈，愤怒。又得改密码了。简单的，对付不了儿子；弄个复杂点的吧，一不留神，连我们自己也会忘记。思来想去，颇伤脑筋。妻子忽然一拍脑袋，有了，用奶奶名字的全拼，儿子不知道奶奶的名字，更不会想到我们会用奶奶的名字来设置密码。

这其实仍然是一个简单的密码，奶奶的名字只有九个拼音字母，但是，对儿子来说，这恐怕确实是一个他做梦也想不到的密码。这次密码修改后，儿子果然一直未能破解。电脑安全了，我却高兴不起来。

儿子不能解开我们的密码，无法擅自打开电脑，这固然是我的初衷，可是，他不能破解，也让我很矛盾，很失望。孩子，你很聪明，但你缺少的，是对亲人的了解和关爱啊。

一只拟人化的狗

真没有想到，父母竟然养了一只狗，而且已经养了快一年了。

母亲特别怕狗。记得以前在小区散步，远远地看见一只狗，哪怕是再小的一只狗，母亲都会闪到一边。父亲倒是不害怕，但他小时候在农村被一只恶狗咬伤过，自此对狗没了好感。

他们怎么可能会养起狗来了呢？

家门打开了，一只狗先伸出了脑袋。虽然母亲电话里已经告诉了我，我也做好了心理准备，但还是吓了一大跳，因为站在我面前的，是一只伸着长舌头、哼哧哼哧喘着粗气的大狼狗！母亲安慰我，别害怕，花花不像个卫士，倒更像我们家的礼仪小姐。

花花是它的名字。果然，花花只是围着我嗅了嗅，就开始摇头摆尾了，仿佛很熟稔的样子。母亲说，它经常去你的房间，熟悉你的气味呢。

吃过晚饭，陪父母在客厅坐下来，闲聊。花花安静地卧在母亲脚边，不时用舌头舔舔母亲的脚背。

母亲说，花花很通人性呢。

过节的时候，你爸爸单位发了一箱子杧果。搬回来后，就放在门厅。每天，我和你爸各削一个杧果吃，杧果很甜，味道很好。但是，有天晚上，我准备削杧果时，你爸爸却说，他不要吃了，因为他白天刚在报纸上看到说，胃不好的人，不宜吃杧果。你爸还皱着眉头说，难怪这几天胃不太舒服，原来都是吃杧果吃出来的。我就自己削了一个杧果。数了数，还剩下最后六个杧果。

你绝对不会想到，第二天早晨，我们起床后，惊讶地发现，剩下来的六个杧果，全被花花叼到了狗窝旁，一个一个全都咬烂了。花花不吃水果的，很显然，它是故意的。这么好的杧果啊，太可惜了。我很生气。可你爸爸却笑了，夸奖说花花真懂事，知道他不能吃杧果，所以才将杧果都咬烂的，要不然，怎么放在门厅一个多星期了，它都没咬，单单我们昨晚一说，它就将杧果全咬烂了呢？

母亲说，平常我对花花最好了，但它就是跟你爸亲，女儿都亲爸呢。看来，他们是把花花当女儿养了。

坐在一边的父亲插话说，我看花花还是跟你妈亲。说着，顺手拿起茶几上的电视遥控器说，这是我们家第五个遥控器了，原来的遥控器，被花花啃坏了。买回来一个新的，没到一个星期，又被它啃坏了。前后已经被它啃坏了四个遥控器。

母亲接话说，那你知道花花为什么要咬遥控器吗？转身对我说，我有时不在家，让你爸管管花花，带它出去遛遛，可是，你爸却常常只顾自己看电视，完全把花花给忘掉了，花花只能可怜巴巴地趴在电视机前，你爸却盯着电视，看都不看它一眼。它一定是恨透了电视，所以，才把遥控器给啃坏的。

说着，母亲指指茶几，上面放了这么多东西，为什么它别的都不啃，却只啃遥控器呢？道理很简单，它恨它呗。

父亲摇着头说，其实花花就是个破坏分子，养它快一年了，咬坏了十几双鞋，啃坏了四个遥控器，还咬烂了我们六七副眼镜，有一次，甚至把我刚买回来的整条香烟都给撕烂了……

母亲说，花花喜欢撕咬你的香烟，那是它知道香烟有毒，是心疼你呢，我支持它。

就这样，父母亲你一言、我一语，讲的全都是花花的故事。花花真是恶行累累，比我小时候破坏性大多了，奇怪的是，他们说起这些时的语气，竟然没有丝毫的责备，反而充满了怜爱。好像他们谈论的，不是一条狗，而真的是他们的掌上明珠似的。

夜渐渐深了。父母进了房间，关上门，花花温顺地趴在房间的门口。我也走进自己的房间，准备睡觉。被子很暖和，带着阳光的味道，一定是白天刚晒过。突然意识到，我已经一年多没有回过家，没有睡过这张床了。

床上留着我的气息，餐桌边有我的气息，家里的每一个角落都有我的气息，花花一定都嗅到了，它一定很奇怪，怎么一直只闻到气息，却没有见到我的身影呢？

我早该回来的，爸爸妈妈。

一家之最

　　儿子最喜欢看的电视节目，是挑战吉尼斯世界纪录。那天，和儿子一起看完一档挑战节目后，我对儿子说，不如我们也来挑战一下，找找我们家的"之最"，看谁列举的最多。

　　儿子摇头晃脑，这还不简单，张口就来：我们家长得最快的人，是我。你和老妈，早就停止生长了，而奶奶的个子，反而越来越矮了。我们家最帅的人，是我。你看我的头发，多有型，我的衣服，可都是名牌。我们家最可爱的人，是我。从小到大，大人都夸我可爱。我们家最……

　　我微笑地看着儿子。儿子，你说得一点没错，你是我们家长得最快的人，你是我们家最帅的人，你是我们家最可爱的人……可是，怎么觉着哪里有点不对劲呢？儿子说的，都是他自己。意识到这个问题，我找了几个话题，引导儿子。

　　我们家每天起得最早的人是谁？

　　儿子想了想，我每天起床的时候，你和妈妈、奶奶都已经起来了，我不知道你们谁起得最早。

我告诉儿子，是妈妈。每天，天还没亮，妈妈就第一个起床了，我们早上吃的豆浆、煎鸡蛋、稀饭，都是妈妈一大早起来准备的。

我们家每天睡得最晚的人是谁？

儿子摇摇头，我只知道，每天晚上，我是睡得最早的人。

对，你是睡得最早的人，这也是我们家"之最"。我们家睡得最晚的人，一般情况下，是我。晚上，看看书，写写文章，时间就到半夜了，我会检查一下门窗是否关牢，厨房里的煤气灶有没有关好，阳台上的衣服是不是都收进来了，天冷的话，我还会到你的房间，看看你的被子有没有盖好……忙完了这一切，我才能放心地睡觉。不过，也有很多时候，是你妈妈最后一个睡觉。比如你每次开学前、考试前，妈妈总是兴奋得睡不着；还有你身体不舒服的时候，妈妈常常整夜不合眼，坐在你的床头，似乎这样就能减轻你的病痛似的。

儿子的神情变凝重了，以前，他对这一切，几乎一无所知。我摸摸儿子的头，我们再一起找一找，我们家还有哪些"之最"？很快，儿子又找到了很多"之最"——

我们家吃饭最慢的人是奶奶，她总是最后一个吃完，而且，她特别喜欢把碟子里的一点剩菜，全部拨拉到自己的碗里。

摆在我面前的菜，永远是我们家那顿饭中，最有营养、味道最好的菜。

妈妈是我们家洗碗最多的人，她一天至少要洗四十多只碗碟，她每年洗的碗碟可以供四千人同时就餐。

我们家最有力气的人是爸爸，他可以将我和妈妈同时背起来，手里还拎着我们刚从超市买回来的物品；不过，我们家最有力量的人却是妈妈，她只要用手轻轻一指，爸爸就乖乖地过来了；但是，我们家最有潜力的人却是我，爸爸常常开玩笑说，他老了，就要我背他了，我一定会背他的，这可不是玩笑。

　　我们家吃药最多的人是奶奶，她有高血压，眼睛也不好，还常常失眠、感冒，每天都要吃下好多种药片。如果有一种神奇的药片，能治疗奶奶所有的病就好了。

　　我们家最怕热的人是我，夏天，我天天晚上要开空调才能睡着；我们家最不怕热的人，是奶奶，她从来不肯开空调，哪怕再热，她也是摇着蒲扇睡觉。爸爸说，奶奶是因为舍不得电费。所以，奶奶又是我们家最节约的人……

　　在我的启发下，儿子找出了很多"之最"。

　　这只是我们玩的一个趣味游戏，但你会惊奇地发现，在每一个"之最"的后面，都站着我们的一个亲人，自始至终，无怨无悔地照顾我们，呵护我们，关爱我们。每一个"之最"里面，都饱含着无尽的亲情和爱。而这，正是我想告诉儿子的。

餐桌是最好的课桌

自从儿子上中学之后，我与儿子见面最多的地方，就是餐桌上。早晨六点，儿子必须准时起来，洗漱，吃早饭，然后，出门去上学。这时候，我多半还没有起床。中午，我们一家三口，在各自的食堂吃饭。晚上，儿子总是最后一个回到家，课多，放学迟，没办法。等儿子一回家，我们就开晚饭。为了让儿子能吃上一口热饭，妻子总是能在门铃响起来的时候，恰到好处地炒好最后一道菜。儿子放下书包，径直来到餐桌旁，吃饭。他总是埋头吃得很快，狼吞虎咽，很饿的样子，又很匆忙的样子。让他吃慢点，他嘟囔着，还有好多作业要做呢。我和妻子相互看一眼，怜惜地叹口气。吃好饭，儿子一转身，去他自己的房间，做作业去了，直到很晚，才出来洗漱一下，睡觉。这一天就算结束了。

即使双休日，与儿子的见面机会也不多，大部分时间，他在自己的房间里看书，做作业，除了偶尔出来喝口水，或者上厕所。不过，双休日终究是不同的，唯这两天，我们一家三口，可以围坐在餐桌旁，共进早餐、午餐和晚餐。这是多么难得的幸福时光。因此，双休日的任何应酬，我都是坚辞的。

餐桌，是我们一家三口，尤其是我们夫妻与孩子聚在一起最多的地方。餐桌上，也成为我们了解儿子的一个窗口，一个非常重要的窗口。

儿子在学校的情况，除了老师告知的，我们基本上都是在餐桌上获悉的。今天在学校遇到了什么新鲜的事、开心的事，或者不顺心的事，儿子都会告诉我们。这算是我们从小培养他的一个好习惯，不管遇到什么事，都和父母讲。还是儿子上幼儿园的时候，有一天，他回来之后兴奋地跟我们讲，班上有一个女同学，对他特别特别好，长大之后，他一定要讨她做老婆。我和妻子笑岔了气。但我们没有批评他，更没有训斥他，只是告诉他，等你长大了，还这样想的话，我们一定支持你。没过多少天，儿子就忘记了这茬。

初中的时候，儿子喜欢上了班里的一个女生，每次看到她，脸都憋得通红，上课老是走神，儿子很苦恼。这次也是吃饭的时候，他自己告诉我们的。孩子早恋固然不好，但可怕的其实并不是早恋本身，而是父母压根就不知情，而错失了帮孩子一把的机会。儿子告诉我们之后，我和妻子认真地商量了对策。第二天吃晚饭的时候，我们告诉儿子，你那个吧，其实算不上早恋，顶多只是暗恋、单相思。正像你暗恋这个女生一样，说不定也有个女同学暗恋你。儿子的脸，被我们说红了。我赶紧又补了一句，老爸年轻时，也和你一样，有过暗恋。这下惨了，儿子穷追不舍让我交代自己的老底子。我只好老实交代。儿子瞅一眼老妈说，没想到老爸年轻时还这么浪漫。我说，你老妈也有故事。在儿子的追问下，妻子也坦白了。听着我们那个年代久远的故事，儿子笑翻了。我告诉儿子，喜欢女同学，这是很纯洁的感情，很正常，既没必要担心，也没必要自责，你可以把它当成一件珍贵的礼物，暂时埋在心底。儿子听从了我们的建议，慢慢地渡过了这一关。他和那个女同学，成了最好的朋友。

只要儿子愿意在餐桌上讲的事，我和妻子都会认真地倾听。让孩子敢于讲话、乐于讲话，并把话讲完，这是非常重要的。有的人喜欢用餐时放音乐，而在我们家，一家三口其乐融融地边吃饭边交谈，是最美妙的一件事情。尤其是在儿子上高中之后，我意识到儿子与我们在一起吃饭，也将慢慢变成一件奢侈的事情，因为他很快就会离家读大学去了，到了那时，只有假期，我们一家才有可能团聚在一起了。因而，现在每一次围坐在餐桌旁的机会，都弥足珍贵。

也有很多时候，儿子不想讲话，只顾埋头吃饭。这时候，我就会和妻子交流一下各自工作中的情况，并就某个问题，旗帜鲜明地发表自己的意见。有时候，儿子会突然冒出一句，表明他的观点和态度。不要以为孩子与这件事无关，他就丝毫不关心，对这个世界，他开始尝试着有自己的价值判断。而这样的交流，同样会潜移默化地影响他。

没错，对一个家庭来说，餐桌远不止一个吃饭的地方，它还是一个非常重要的交流平台，特别是有孩子的家庭。餐桌是家里最好的课桌，它可以帮助你教给孩子很多在课堂上学不到的东西。

第三辑
听一场电影

　　她向三十位盲人讲解了一部电影，她也第一次听到了月光的声音，那是一群看不见这个世界，但拥有一颗敏感的心的人，才能听见的天籁。

听一场电影

    这是一场特殊的电影，一个志愿者组织的一次尝试，观众是三十位盲人。

    在他们面前，是一面不大的幕布，幕布前面还摆放了一排鲜花，站着一位手拿话筒的漂亮姑娘，她是这场电影的讲解员。这一切他们都看不见，但是，他们嗅到了花香，听到了姑娘轻轻的脚步声。

    电影开场了。音乐响起，女孩大声讲解："片名出来了，叫《暖春》，画面上，出现了一个村庄，在山里面，刚刚早春，山上碧绿一片……"

    "姐姐，绿色是什么样子的？"一个男孩问。

    女孩迟疑了一下。接到讲解任务后，女孩就将这部电影反反复复看了十几遍，一遍遍练习讲解。她知道因为盲人什么也看不见，会提出很多问题，但没想到，第一个问题就将自己难住了。想了想，她告诉男孩，绿色就是小草的颜色，也是我们生命的颜色。男孩似懂非懂地点点头。

剧情在慢慢展开，每切换一个镜头，女孩都将画面描绘出来。

"现在，屏幕上是电影里的主人公小花和爷爷在草地上，草地上到处都是黄色的花朵，爷爷摘了好多花，编成了一个小花帽，戴在了小花的头上……"

"小花高兴吗？"

"戴着花帽的小花很漂亮吧？"

"草地很大吧，好看吗？"

盲人们叽叽喳喳地问。镜头其实一晃而过，幸亏女孩看了很多遍，在她的脑海里，这片金色的草地早已定格，她努力将自己脑海里的草地描绘出来。

"现在的场景是晚上……"女孩讲解说。

"很黑吗？是不是什么也看不见啊？"有个老奶奶不放心地问道。

女孩告诉她，有淡淡的月光。

"可是，姐姐，月光是什么样子的？"又是那个男孩。女孩笑着告诉他，月光是银白色的，洒在地上，像水银一样。女孩真怕他会问水银是什么样子的，没想到小男孩忽然高兴地说，我听到水银洒在地上的声音了，很清脆的，真好听。女孩笑笑，她只看见了月光，没有听见月光的声音。

电影里，因为爷爷收留了无家可归的小花，爷爷的儿媳妇很生气，常常乘爷爷不在家，欺负小花。"现在，小花从鸡笼里摸出了两个鸡蛋，小花小心翼翼地将鸡蛋对着天空照，天空中有太阳。突然，屏幕上出现了儿媳妇凶狠的脸，儿媳妇恶狠狠地从小花手里抢鸡蛋，鸡蛋被打碎了，儿媳妇将小花的风车扔在地上，一只脚狠狠地踩在上面，将风车碾碎了……"

女孩讲解到这儿，影院里突然爆发了愤怒的讨伐声："这个女人怎么这么凶狠啊？""太坏了！""小花太可怜了！""爷爷怎么还没回来啊？"

屏幕里，传来小花凄惨的哭声和讨饶声……所有的观众，都在抹眼泪。眼泪从他们干枯的眼窝里，不断涌出，几位老奶奶抑制不住，大声地啜泣起来。工作人员忙递给每位盲人几张纸巾。讲解的女孩也忍不住泪流满面，她没想到，这个镜头会让这些盲人如此激动。

电影的结局是，十四年后，小花考上了大学。大学毕业后，她回到小山村，成为一名小学老师。"现在的画面是，小花领着学校里的孩子们，在雪地上放风筝，他们一起在向前奔跑……"盲人们的脸上，露出了灿烂的笑容。

电影结束了。没有一个人站起来，他们还沉浸在电影的情节里。那个小男孩忽然站起来，怯怯地对女孩说："姐姐，你的声音真好听，像电影里的月光一样。"

这是女孩听到过的，最好的赞美。她向三十位盲人讲解了一部电影，她也第一次听到了月光的声音，那是一群看不见这个世界，但拥有一颗敏感的心的人，才能听见的天籁。

最美的对视

　　她久久凝视着，凝视着。

　　站在她面前的，是一个十六岁的男孩。与所有这个年龄的男孩子一样，他有着清澈、纯净、稚气未脱的眼睛。他也深情地凝视着她，凝视着她，然后，向她深深地鞠了一躬。

　　几个月前，他的眼前还一片漆黑。四岁那年，因为一场大病，他失明了，从此，他的世界就漆黑一团。直到三个月前，他获得了一位老人无偿捐献的一只眼角膜，才得以重见光明。

　　那位老人，就是她的母亲。她的母亲，被社区追评为"最美的人"。她代表已经去世的母亲，上台领奖。让她没有想到的是，为母亲颁奖的，正是受捐的男孩。

　　早在六年前，年已八旬的老母亲，就向子女表达了最后的心愿，在百年之后，将自己的眼角膜无偿捐献给需要的人。一双儿女都表示赞成，并和老母亲同时做了捐献登记，一家三口身后捐献眼角膜登记表的编号连在了一起，分别是"351、352、353"。

这组温暖的数字，就像小时候妈妈牵着她和弟弟的小手一样，齐步向前走着，温情、坚定而有力。

随着年龄增长，老母亲的身体每况愈下，尤其是她的眼睛，因为严重的白内障而使视力严重下降，看东西都是模模糊糊的。她想说服母亲去做白内障手术，这是个小手术，做完了，就可以恢复不少视力。可是，老母亲却死活不肯答应，老人说，自己身上的器官都老化了，没啥用了，只有这眼角膜还行，将来还能够捐给别人。万一做了手术，损坏了眼角膜，那可怎么办？而且，自己也活不了几年了，看不看清楚也没什么关系，但保住眼角膜，就可以让别人一辈子都看得见。老人固执己见。最后，还是眼科医生说服了老人，做白内障手术，对眼角膜不会有任何损伤，老母亲这才放心地接受了白内障手术。

老母亲又生病住院了，这一次，病情凶险。自知时日不多，老母亲心里惦记着的，仍然是捐献眼角膜的事，这可是她这一生最后的愿望。担心自己临终时，可能无法再清晰地表达捐献的意愿；也害怕自己一旦撒手走了，子女们悲痛之中也许会忘了这件重要的事，老人将那张自愿捐献眼角膜登记卡放在了自己的病历本中，好让子女或者医生，在最后时刻，也不忘她的心愿。

一个静悄悄的凌晨，老母亲安静地走完了一生，溘然长逝。

她强忍悲痛，第一时间通知了有关部门。眼科医生小心翼翼地取走了老人的眼角膜，那"0.5克的至爱"。

老母亲的眼角膜，很快就被移植给了受捐人，为他人点亮了光明。

在母亲节那天，她写了一段话送给母亲："我知道，有人正用您的眼睛看着这个从未谋面的世界。说不定哪天，我们的目光在茫茫人海中再相遇，我知道，那是您爱的目光。"这是母亲离开之后的第一个母亲节，她再也不能喊一声"妈妈"了，但她知道，母亲仍在注视着这个世界。

她没有想到，会在这个场合，再一次看到母亲的眼睛。她凝视着，凝视着，热泪盈眶。

男孩也惊喜而羞怯地凝视着她。

两个人的目光，就这样对视，凝视。那是思念的目光，那是充满柔情的爱的交汇，那是我们所见过的最美最亲的对视。

城里的土

朋友新买了个房，一楼，带院子。如今在城里，能有个院子的房，不多了。

拿到钥匙后，朋友做的第一件事，就是想将院子整一整，弄出一小块地来，种点蔬菜，养点花草，在城里做一回农民。一锹挖下去，朋友傻了，薄薄的、已经发蔫的草皮下，全是混凝土疙瘩、断砖、木渣、碎钢筋，以及饭盒、塑料啥的，原来院子都是垃圾堆砌而成的。朋友请了两个工人，挖掘了三四天，总算将院子表层的垃圾清理完了，见到了下面的黄土层。可是，问题也来了，院子成了一个坑，比旁边足足矮了三四十厘米，必须找一些土来回填。

上哪里去找土呢，这成了大难题。

在城里，你已经难得见到土了。你能见到的最多的土，叫混凝土，房子是混凝土盖的，路是混凝土浇的，地是混凝土铺的，在混凝土的世界里，能长出庄稼和其他植物的土地，几乎被完全覆盖，不能呼吸。鸟，或者风，将一粒种子随便往乡下的土地上一丢，种子就能成活，长成葱郁的绿来，哪怕是不小心丢在了石头缝里，它也能顽强地生根、发芽，因为，纵使是石头缝里，也多少是有一点点土的。只要有土，哪怕只是小小的一捧土，也是种子的窝、种子的家，它就能活下去。但是，城里不行，你将一把种子撒在地上，它们不是马上被车轱辘碾成粉末，就是在毒日头下，干枯而死，在水泥地面上轻飘飘地滚来滚去，成为水泥和钢筋们的笑话。

当然，城里也还是残存了一些土的，小区的花坛里，就有土；路边的隔离带里，也有一些土；街头的街心花园里，有更多的土。不然，那些花花草草，怎么活得下去？朋友扒拉开那些矮小的花草，试图挖一点点土出来，这才发现，其实也只是表层有一点点浮土，你用手往下一掏，不是挖到了一块砖，就是被碎玻璃割伤，这些土，与他家院子里清理出来的土是一样的，也是建筑和生活垃圾搅拌在一起的混合物。难怪这些花草，一个个都长得小心翼翼，它们的根在努力往下扎的时候，一定伤痕累累。别说这些小花草，就算你是一棵大树，你能在城里拥有的土，也是有限的，除了从乡下移植过来时，盘根自带的土之外，一棵大树的周围，亦必是混凝土围砌而成。当台风来临时，城里的树都只能靠钢管支撑保护，这不能怨它，它无法将自己的根，在城里扎得更深更牢啊。

朋友想到了远在城郊的公园，草木茂盛，亦必有土。那确实是你能在城里，与土亲密接触的唯一去处了，倘若在雨天，你又愿意赤脚的话，你的脚丫子就能够感受到久违的泥土的润滑和芳香了。不过，更多的人似乎讨厌泥土，当漂亮的鞋子上沾了一点点黄泥巴的时候，他们就会狠狠地在草地上蹭来蹭去，就像他们一直在努力摆脱自己身上的泥土气一样。朋友在一个小土坡旁停下来，兴奋地扒开树叶和杂草，黑黝黝的泥土散发着泥腥味，他情不自禁深深地吸了一口，第一次对泥土有了如此深厚的情感。如果不是急于找一些土，将自己的院子填满，他不会注意这些黑不溜秋或黄不拉几的东西，更不会爱上它。

朋友站起身，才惊讶地发现，他的身后站着一名公园管理员。管理员已经留意他很久了，以为他是来偷什么珍稀植物的，当明白他只是想弄一些土的时候，管理员踌躇了一会儿，对他说，如果你也像别人那样，只是弄一点点土，放在花盆里，种点花草什么的，我也就睁一眼闭一眼算了，但你想弄一院子的土，这肯定不行。管理员指了指不远处的一个小坑说，那里的土，就都是被一个个城里人偷偷弄回家，养盆景去了。

朋友坐在公园的草地上，他已经绝望了，不知道从哪里去找来土，将自己的院子填平，好种上青菜、西红柿或辣椒什么的。现在，他的院子，就像一个坑，或像他的一个什么未了的愿望，等待填满。可是，在城里，上哪儿去找土呢？土，这个最土的东西，恍然成了城里最稀缺之物了。

他忽然想到了"坐"这个汉字，坐，不就是两个人坐在土上吗？他觉得，这两个人，一个就是此时此刻的他，那么，另一个人是谁呢？

我们未能坐在土上，已经很久很久了吧。

树叶的美

　　大多数的树叶，是到了秋天，才显出它的美来。不是说春天的树叶不美，那是树叶最嫩、最绿，也最有生机的时刻，它自然是美的。这时候，你摘一片叶子在手，用手稍稍一掐，就能挤出几滴春天的本色来。不过，花朵的美，使它成了陪衬，人们在春天里只看到花朵，满树的绿叶因而都是寂寞的。

　　到了夏天，花朵大多结出了果实，如果这果子是人或鸟喜欢吃的，所有的目光，又都聚在了果子上。这时候的树叶，每一片都在努力从阳光中获取能量，不是为自己，而是为了树叶掩映的果子们。它们被太阳烤成了深绿，甚而深蓝，有的则开始微微发黄，现出疲态。大一点的风，就能将它们从树枝上拽下来，使它们过早地走完了叶子的一生。

　　只有到了秋天，大约在深秋吧，花朵早谢了，果实也被摘得差不多了，只剩下叶子陪伴着黑黝黝的树枝。因为挣扎了一春一夏，叶子们也早已精疲力竭，但它们会在寒流到来之前，站好最后一班岗。大多数的树叶，已经变黄，或者变红，或者变紫，忙碌的人们偶尔抬起头，看见了树枝上的它们，人们被这些五颜六色的树叶惊呆了。姹紫嫣红，这本来是形容花朵的，但这一次，人们毫不吝啬地用在了树叶的身上，我觉得这是最精当的形容，也是对树叶一生最好的评价。

如果你认真地去欣赏树叶，你就会发现，每一片树叶的美，又是各不相同的。

有的树叶，美在抱成团、连成片，一眼望不到边，满世界的翠绿葱茏，仿佛来到了绿色的海洋，连拂过它们的微风，都带着绿意，令人沉醉。

有的树叶，在树枝上的时候，显得很普通，当它们落到地面的时候，你捡起一枚，瞬间被它的形状和纹理惊艳了。有人会拿回家，夹在一本书中，这枚树叶，便有了书卷气，散发出文字的光芒。

还有的树叶，一片落在了地上，又一片落在了地上，一片接一片，它们就像行为艺术家一样，用自己的身躯，铺就了一条金黄的树叶之路，让人叹为观止，不忍踏足。

我见过的最美的一片树叶，是在朔风之中，孤零零地挂在树干之上。它已经枯干了，但不知道为什么，寒风没有扯下它，大雪也没能让它坠落，它就那么孤单地，无望地，却也桀骜地，挂在树枝上。它在等待什么吗？它还有什么未了的心愿吗？它让我在那个寒冷而沮丧的冬日，忽然有了冲动，决计不再颓废。

而让我最为震撼的，是一次走在回家的路上，没有风，似乎也没有降温，头顶之上，忽然飘下来一片树叶，又一片树叶。我忍不住抬起头，我看见了树上的叶子们，像约好了的一样，纷纷扬扬地往下飘落。那么多的树叶啊，那么多的飘零啊，在半空中晃晃悠悠地，不疾不徐地，从容淡定地，飘落。那是人到中年的我，第一次遭遇一场落叶雨，它们让我看见，飘零也可以是很美的，落叶归根，回家的路，一定是很美的。

没错，如果你细心体察，你就会发现，每一片树叶，它的一生中，必有最美的一刻，可能在它韶华正茂时，也可能在它苍老飘零时，就像我们每个人平淡的一生，亦必有最美的一刻一样。

田野的浪

　　大多数的时候，田野是安静的。它一旦浪起来，是真浪。最浪的是麦子。麦子还是青苗的时候，青涩、嫩绿、羞答答的样子，再说，那还是冬天呢，谁傻乎乎地在寒风中浪？到了春天，麦子拔节，呼啦啦长高，像少年长出了喉结，咕噜噜响着青春的嘹亮气息，这时候，它就有点春心萌动了，遇着一点春风，就摇曳生姿，一棵麦子摇了，又一棵麦子摇了，千万棵麦子一起摇起来，就有了浪的样子。不过，这还不算真正的麦浪，必得到了五月，麦穗开始泛黄了，麦芒像胡子一样恣意生长，初夏的风一起，一株麦穗抵着另一株麦穗，千万株麦穗向着村庄的方向，或者向着远方，挥手，呼唤，一浪接一浪地奔涌，翻滚，你看不见麦浪的起处，也望不到麦浪的边界，整个田野都是金黄的麦浪，像一大片沸腾的流水。这才是真正的麦浪。

　　稻浪也是这样。稻还是稻秧的时候，风一吹，虽然也是一波碧绿赶着另一波碧绿，但我们不叫它稻浪，春风翻开稻叶，上面是青的，下面也是青的，它还嫩着呢，算不上稻，更像风吹绉了一池的绿水。唯有水稻开了花，抽了穗，稻秆也熟成了金黄色，你站在村口，眺望水稻田，你的目光追着风，风追着奔跑的稻穗，这才是让人心神荡漾的稻浪。

只要有风，田野里就到处有浪。野草也能够浪。它们一般不长在庄稼地里，那会被眼尖的农民伯伯一把拔掉。它长在田埂上、荒地上，这就安全了，可以想怎么长，就怎么长。大风往往是从荒野上开始刮起来的，你也可以理解，旷野的风，是从一棵野草身上刮起来的，一棵野草将风的消息告诉另一棵野草。一棵又一棵，旷野之上，就到处都是风的消息了。尤其是一条笔直的田埂，风从一棵野草背上，跳到另一棵野草背上，层层叠叠，就是野草的浪。

野花就不能浪吗？田野上的花嘛，都算是野花，她们是邻居，也是亲戚。风来了，就是她们共同的客人，她们就舞起来，颤抖起来，一波接一波嗨起来。野花与野草又终究是不同的，她们是有分寸的浪、含蓄的浪，浪大了，浪过了头，花容失色，一地花瓣，不雅呢。但花的浪里，是掺了香的，各种田野之上的香，从花浪的尖上扑面而来，让人沉醉。

平地上的浪，是水波样的，无论是麦浪，还是稻浪，也无论是草浪，还是花浪，都是一浪赶一浪。浪到了尽头，遇到田埂，那是地的分界线，它就翻过去，把浪从张家的地传给李家，从李家再传给赵家，浪是不分你我的，都是兄弟。这时候的浪，就像赛跑时的接力棒一样，只不过它们的衔接更流畅，天衣无缝。如果田埂太高，或者那边的是空地，浪传递不下去了，也不急，不恼，不慌乱，它就再浪回来呗，像水到了天的尽头，打了个旋涡，又转身扑了回来。倘是斜坡，或者丘陵，浪的样子就凶猛得多，壮烈得多，浪从高处兴起，往下奔泻，犹如飞瀑，一去不回头。

比庄稼和花草高出很多的树，它们浪得更凶，小风时，它们小浪，大风时，它们大浪。即使一点儿风也没有，有的树也能自己浪一浪。比如竹子，它们喜欢长在村前屋后，跟人做邻居，也有调皮的竹根跑得太远，竹笋钻出来一看，怎么独自钻到野外了？不过，没关系，它们很快会自成一片竹林，突兀在荒野之上，不管是有风还是没风，你从远处眺望它们，它们都顾自摇曳，生浪，且簌簌作响，看起来就像荒野上一群人在招手，在呼喊。

无风时，田野是安静的，你站在村头从西往东看，或者是从北往南看，庄稼和野草，都平静地站立，像睡着了一样。这时候，它们的浪在心里，是自下而上的，从扎根的土里，沿着枝干，蹿到稻尖、麦尖，或者草尖，等到有一点点微风，它们就自尖尖里冒出来，以最快的速度集结成浪。这个心浪，须得一个天天和庄稼打交道的农人，才能感受得到，他们懂得田野之上，每一个植物的心思。偶尔下乡看风景的城里人，是看不出来的，他们猜不出一棵庄稼的想法，也看不透一朵野花的浪漫之心。

炊烟会浪吗？斜阳下，农人直起腰，看到了被田野包围的村庄之上，一炷炊烟升起来了，又一炷炊烟升起来了，家家的炊烟都升起来了，开始是笔直的，微风一吹，像旗帜一样飘起来了，那是从村庄里吹过来的热浪，是妈妈的呼唤，也可能是妻儿的等待。人们从田野的各个方向，向村庄走去，他们牵着牛，扛着锄头，挑着谷物，回家。没错，那是生活的浪。

敲 门

"咚，咚咚，咚——"，走进楼梯口，他习惯性地走到101室的门前，敲门。敲门的节奏，也是他和她早就约好了的，"咚，咚咚，咚——"，永远固定的节拍。只要听见这个节奏的敲门声，她就知道是他，这样她就不用急着来开门，以免有个闪失。过一会儿，门轻轻打开了，露出一张沧桑的脸来。隔着门，他对她笑笑，今天好吗？她也笑笑，露出几乎没了门牙的嘴巴，好，好着呢，上班累吧？我没事，赶紧早点回家去吧。看到她精神很好，确实没事，他才放心地上楼，回家。他的家在四楼。

这是他每天的功课。

他和她，不是母子，也不是亲戚，只是普通的邻居。考虑到她年龄大了，又是一个独居的老人，社区于是在楼梯洞里，就近安排个邻居帮忙照应照应她。也没有太多的事，就是每天记得去敲敲老人的门，看看她有没有什么需要帮忙的，万一有个什么意外，也好及时处置。之所以选择了他，除了他是个热心肠之外，最重要的一点是，他在一家公司上班，每天按部就班地上下班，能够准时回家，从来不在外面有什么应酬，这样才便于每天都能准时去敲敲老人的门。老人随时有可能出现意外，最怕三天打鱼两天晒网式的照顾。

社区找到他时，他欣然接受了。于是，每天，下班回来的时候，他都会先去敲敲101室的门，把老人喊应了，才回自己的家。有时候，路上碰见放学的儿子，他就会和儿子一起去敲老奶奶的门，这时候他会让儿子敲，儿子已经学会了他敲门的方法，"咚，咚咚，咚——"，不急不慢，不轻不重。门打开了，她看到他们父子，开心地笑了，摸摸儿子的脑袋，经常还会变戏法一样，变出一把花花绿绿的糖果来。这些糖果，都是老人远在海外的儿子邮寄回来的。

老人的身体很硬朗，几乎没有出现过什么情况，只是发生过几次小意外。有一次，他敲门的时候，她正好在卧室里接儿子打来的越洋电话，没听到他的敲门声。敲了几遍，没人开门，他惊出一身冷汗，连忙又重重地敲了几次，"咚咚咚咚"，连一贯的节奏都忘了。放下电话，她才听见了敲门声，虽然敲门的节奏不对头，但她知道这是他回家的时间，一定是他，她几乎是一路小跑去开门，差点摔了一跤。幸亏只是虚惊一场。还有一次，中午的时候，她累了，靠在沙发上养会神，突然，响起了熟悉的敲门声："咚，咚咚，咚——"，老人兴奋地想，今天这孩子难道没上班，怎么这时候来敲门啊。喜颠颠去打开了门，却是一张陌生的面孔，推销员。等傍晚的时候他来敲门，老人将这个趣事讲给他听，一老一少，笑得很开心。

日子就这样慢慢地流逝。"咚，咚咚，咚——"，每天黄昏，熟悉的节奏，就会在楼梯洞口响起。准时响起的敲门声，和紧接着吱呀的门轴声，让人感到宁静，安详。

　　那天，因为一个突发情况，他带着老婆和孩子，一起去了一个朋友家。黄昏的时候，他习惯性地想起了敲门这件事，看来今天是敲不成门了，因为走得急，他偏偏又忘记了带电话簿，记不得她家的电话，无法通知她。朋友安慰他，这么多年了，就这一次，应该不会这么巧，有什么事情。也只好这样想了。

　　晚上十一点多，他们一家才回家。在楼梯洞口，看着101室的门，他犹豫了一下，要不要去敲敲门。再一想，太晚了，她一定已经休息了，明天一早再来敲门吧。

　　他们刚回到家，自己家的门，突然响起来了，"咚，咚咚，咚——"，熟悉的敲门声，难道……他赶紧跑去打开了门，果然是楼下的老太太。

　　你们没事吧？她急切地问。傍晚，没看见孩子放学，也没看见你媳妇下班回家，你又没来敲门，我以为你们出什么事了，又没法联系你们，真是担心死我了。刚才我听见楼梯洞里的声音，就想着是不是你们回来了，所以，就赶紧又上来看看。看到你们没事，我就放心了。

　　又上来看看，这么说，她已经跑上来几趟了。他的眼睛，忽然湿湿的。他搀扶着她，将她送下楼。他答应她，今后无论发生什么，他都会准时去敲门。因为，那已经是他们共同的牵挂。

天边与身边

　　天边曾经很遥远，现在忽然近了，所谓天涯咫尺；身边曾经很贴近，现在忽然远了，所谓咫尺天涯。

　　天边发生的事情，诸如哪里又发生战争了，哪里又罢工了，哪里又骚乱了，哪里又发生政变了，哪里又地震了，甚至哪个明星闹出了绯闻，哪个政要出了个丑，哪个幸运儿中了个大奖，只要上了网，转眼之间，我们就能够了如指掌。而身边发生的事情，诸如邻居家昨夜被盗了，同事家的孩子升学了，朋友开车出了点事故，甚至哪天是母亲的生日，亲戚家的孩子叫什么名字，妻子的发型什么时候变换了，我们一概浑然不知。真的吗，这是啥时候发生的事？常常听到身边的人，发出这样的惊呼。

　　今天，人们的视野，越来越开阔了，离人们越远的事，人们越关心。一堆男人聊天，一定满口都是世界大事，侃侃而谈，头头是道，唾沫横飞。谁还在意眼前那些芝麻粒大的小事情，婆婆妈妈，又琐碎，又恼人，又无奈。天边的人罢工了，交通瘫痪了，人们义愤填膺，群情激愤，忧心如焚，比自己吃了苍蝇还窝心，恨不得插上翅膀，去帮忙开飞机驾轮船踩三轮车。身边的老人在路边倒地不起，从他身边走过的人，匆匆瞥一眼，就加快脚步赶紧逃离，没有一个人愿意或敢于将跌倒的老人搀扶起来。人们的胸怀仿佛变宽广了，可以装得下整个世界，心胸却越来越自私狭隘了，连伸手扶一把的力气和勇气都失却了。

人们的朋友，也似乎越来越多了，却大都是网上的朋友、天边的朋友。人们更愿意与虚拟世界的人、遥不可及的人，相识，结交，倾诉，打情骂俏，海阔天空，而不愿意敲开对门人家的门，去楼上楼下串串门，聊聊天，叙叙旧。心里话、真心话、大实话，宁愿跟天边的人说，也不愿意让身边的人知道。当朋友遍天下的时候，人们却连身边最亲赖的人，都相互遮掩不敢相信了。如今，朋友成了一个使用频率最高，也最廉价的名词，只要轻点鼠标，你就可以将天边任何一个陌生人变成好友。而要让一个身边交往多年的朋友与你绝交，你只要向他伸手借点钱，就可能会被他立即毫不留情地拉入黑名单。

在我们身边，有很多这样的人，他能够坐在电脑前，与天边的人整夜整夜地闲聊胡侃，却与身边的亲人，连半句问候的话都懒得说；他会冲动地花上巨资，乘飞机坐海轮赶赴天边，与网友见面，而不愿意花几十元买张火车票，回老家去探望年迈的父母一眼；他听说天边有人虐待一只小狗，就会心如刀绞声泪俱下甚而捐钱捐物以拯救生灵，而楼下地下室的拾荒老人又冻又饿又病，濒临死亡，他却无动于衷，充满鄙视，甚而恨不得将之驱逐出小区而后快。于是乎，越来越多的人，对天边很熟悉，对身边很陌生；对天边很神往，对身边很厌烦；对天边很关注，对身边很漠视；对天边很热情，对身边很冷漠……

天边很神秘，有一点神往，予一点关注，寄一点梦想，这都没有错。可我们不应该忽视，更不应该忘记我们的身边，身边生活着我们的亲人，我们的邻居，我们的同事，我们的朋友，以及所有与我们有幸擦肩而过的人。当天边离你越来越近的时候，可能身边正离你越来越远，而这，是一件多么无奈而悲哀的事情。

你的天边，也是在他人的身边；而你的身边，正是他人的天边。身边亦有美景，身边围着亲人，身边才是我们各自看得见、摸得着、真真切切、实实在在的生活。让我们的心先回到身边安顿下来吧，把身边做好了，再让心飞到天边，天边才有可能像身边一样曼妙而令人神往。

一只肉鸡的科学一生

　　一枚鸡蛋，与众多的鸡蛋一起，被放在一只孵鸡机里。经过二十一天的电孵化，雏鸡出壳了。它的出生和它的身世一样，都是科学的产物。没有鸡窝，没有母鸡温暖的怀抱，除了电孵化之外，煤油、沼气等等，都是今天用来孵化鸡的科学手段。

　　第一天。电灯光会在几个小时内，将它的绒毛烘干，不需要阳光。如果一只雏鸡鸡头鸡脑地寻找阳光，它一定会失望的。身为一只肉鸡，它这一生见到太阳的机会几乎为零，好在它会很快适应这道科学的光芒。摆在它面前的，是一盘用玉米粉和复合维生素B液混合的饲料。一只雏鸡不会明白什么叫复合维生素B液，这没关系，一只肉鸡并不需要学习。

　　第二天。饲养员会给它注射一针马立克氏疫苗，这基本上可以确保它短暂的一生远离瘟疫的威胁。这一点很重要，那些农家散养的土鸡，就从来享受不到正规的现代医疗保障，鸡瘟是常事。这就是科学的大型养鸡场的优势。

第三天。雏鸡们的翅膀已经能够扑腾了，它们快乐地扇着绒毛未脱的羽翅。它们不知道，这将招来断翅之痛。饲养员将它们一只只捉住，喀嚓一声，将它们的翅肘关节给剪断了。这辈子，它们再也扑腾不起翅膀了。一只肉鸡嘛，你就不要做天鹅梦了。

第四天。饲养员拿来了另一个针管。我相信雏鸡和孩子一样，都害怕打针，不过，亲爱的雏鸡们，害怕是没有用的。这支名叫一针肥的针剂，将令你们这一生不但健康而且能够茁壮地长肉。在养鸡场，一切以鸡为本，一切也以肉为本。

第六天。雏鸡的食物开始发生变化，除了玉米粉之外，还有菜叶等绿色食物，这令雏鸡们胃口大开，如果雏鸡们认识字，一定更加开心，因为在它们的食谱中，还添加了一种"高效保健促长液"，嘿嘿，这可是保健品哦。

第八天。正在长大的雏鸡们开始玩耍嬉闹，你啄我一口，我挠你一爪，十分开心。是给它们断喙的时候了。每只肉鸡都难逃此厄运，它们长长的鸡喙将被切掉三分之一。断喙是为了杜绝渐渐长大的肉鸡们互相啄趾、啄羽的恶癖，安心地将精力都用来长肉吧，这才是你们的事业。

第二十五天。鸡们茁壮成长，很快进入了青春期。它们的羽毛开始变色，鲜红的鸡冠也冒了出来。鸡们开始骚动，它们开始谋划一场轰轰烈烈的爱情，没有白纸写情书，那就刨刨地，画张约会图吧。如果你是一只小公鸡，这可不是个好兆头。一把锋利的手术刀，会在几秒钟之内，将你就地阉割，以确保你的处子之身，也杜绝你这一生谈婚论嫁的非分之想。

第四十五天。现在，肉鸡们基本上已经长成，它们饱食终日，无所事事、一心一意地长着肉。它们长着翅膀，连扑腾都扑腾不起来；它们长着爪子，从来也没有走出过鸡舍；它们长着眼睛，连阳光都没有见过。它们所有的念头都湮灭了，埋头长肉。可是，对一个真正懂得科学养鸡的人来说，这还不够，它们的膘还不够肥，还不能卖出足够好的价钱。于是，他会进行最后一搏，拔掉肉鸡鸡翅上的长管羽毛，以将能量集中在长肉出膘上，就像给树苗打杈一样。据说这种科学的拔毛助长法很管用，被拔掉长管羽毛的肉鸡，每天能长肉五十多克。至于肉鸡们，咯咯的几声惨叫，会很快淹没在钞票的哗哗声中。

第六十天。肥硕的肉鸡们，出栏了。它们被送到了各个菜市场，它们不会走得太远，菜市场离人类的厨房很近。

第六十一天。在清扫鸡舍的时候，人们发现了一枚鸡蛋。看来，一定有一只肉鸡还是偷偷进行了一场恋爱。饲养员笑笑，将鸡蛋放进了一筐鸡蛋中。这枚鸡蛋，很快会被送进孵鸡机里，开始它的一生。

旧报纸里的温情

她微微佝偻着腰，一个一个办公室敲门。大家都认识她，收旧报纸的老太太。

每个月的最后一个周末，她都会准时出现在办公楼里，单位规定，这天，她可以上门收购旧报纸。

因为工作性质的原因，我们单位几乎每个人，都订了好几份报纸，平时看完了，就码在办公室一角，等着她上门来收购。卖一次旧报纸，往往可以挣几十元，女同事拿去买零嘴，大家共享。

她五十来岁，头发已经花白了，讲一口浓重的郊区方言。每次来，她都会一只手拎着一个布袋子，里面塞满各种各样的布条，看得出，这些布条都是用旧衣裳撕出来的，她用来捆扎旧报纸。另一只手上，拎着一杆小秤。

"卖报纸！"有人站在楼道里喊一嗓子，她就会立即从某个办公室跑出来，瞅一眼，一脸乐呵呵地应答着。她几乎能够认出这座楼里的每一个人，甚至谁多长时间，需要处理一次旧报纸，她都了如指掌。因此，如果一段时间你没有卖过旧报纸，下次楼道里看见你，她一定会特地问你一声，旧报纸要卖吗。

她弓着腰，将堆在办公室角落里的旧报纸，一摞摞搬出，理整齐，码好，然后，用布条捆扎起来，一捆一捆地过秤。与我们经常看到的商贩那高高翘起的秤杆不同，过秤的时候，她的秤杆，总是往下垂，秤砣几乎要从秤杆上滑落下来，这样，报纸可以称得重一点点。没人在意她的秤，但她一如既往，要把秤让给她的客户。称一捆，她报个数，让你记下来，再称一捆，再报个数。一捆一捆称完了，她会让你加一加，有多重。而她自己，似乎从不记数，你告诉她多重，她就按这个重量，算账给你。有时候，账里面有零头，大家就说算了，她却总是很认真地从包里掏出一大把硬币，一分不少地付清。

有时候，她会兴高采烈地告诉我们，旧报纸又涨价了，涨了一毛多呢。她会按新的价格，算给我们。她说旧报纸涨价了的时候，高兴得就好像她是卖旧报纸的，得了多少实惠似的。也有的时候，她会神情黯然地对我们说，最近旧报纸跌价了，价格只能低点了。说这话的时候，也好像她是卖旧报纸的，莫名地损失了似的。其实，大家处理旧报纸，没几个人真在意那点钱。倒是她，每次都很认真地告诉我们近期的旧报纸价格，涨了，或者跌了，晴雨表一样。

她的实诚，使办公楼的人，都对她充满好感。这也是她能够这么多年，可以上门收购我们旧报纸的原因吧。

也有的时候，她会显得很小气。比如每次整理旧报纸时，看到夹在报纸里的杂志或者书，她都会将它们剔出来，单独捆在一起，过秤。她说，书和杂志比报纸便宜一点。有一次，我搬新办公室，整理物品时，我将一些旧书扔进了旧报纸堆里。正赶上她来收购旧报纸。她将那些书一本本拣了出来，问我，这些书真的不要了？我点点头。她将书单独捆扎好。我笑着对她说，其实，书和旧报纸的价格，一斤也就相差毛把钱，没必要分得这么细。她讪讪地笑笑，没有回答。

每个月的最后一个周末，我们都能看见她微微佝偻的身影。这么多年来，她就像一张旧报纸一样，穿梭在办公楼里。

那天，我们去郊区的一个山村采访，村支书领着我们参观了他们新建的村图书馆。图书馆是一间民房改建的，书架上整齐地码着一排排书。忽然，看见有本书很眼熟，打开，扉页上写着我的名字，想起来了，是我上次搬办公室时处理掉的，再一找，另外几本也在。我好奇地问村支书，这些书从哪儿来的？村支书说，是村里的林老太太捐赠的。她经常上城里收旧报纸，如果收到旧书，她就会留下来，捐给村里或者学校。这几年，她已经捐了好几百本了。

忽然明白了，为什么每次收旧报纸的老太太，都会将夹在报纸里的书刊拣出来了。摩挲着那些旧书，我感到了一丝羞愧，也嗅到了旧书里散发出来的独有的香气，很温暖。

水边的守护

　　下午的阳光，像碎银一样，洒满水面。小河拐了个弯，缓缓地流淌。

　　我沿着河边散步。这里是城市的边缘，安静，祥和，正是上班时间，河边很少看到行人和游客。约好了和附近的一个朋友见面，他正在赶来的路上。我在一堆矮树丛后面，找了一块石头，坐下。

　　忽然听到一阵哗哗的水声，扭头看去，树丛的后面，小河的弯道处，有两个八九岁的孩子，正在河边扑腾扑腾地玩水。刚刚初夏，水应该还是凉的，孩子们已经迫不及待地跳进了水中。我笑笑，到底是孩子，对水有着天然的亲近。

　　稍稍大一点儿的孩子，在教小一点儿的孩子怎么游泳。大孩子拉着小孩子的双手，小孩子昂着头，两条腿拼命地打着水，河边溅起一朵朵快乐的水花。不时传来两个孩子欢快的嬉闹声。这让我想起自己小时候学游泳的场景。他们不会知道，树丛后面，一个中年男人，好奇而羡慕地注视着他们。

我四周看了看。岸边，堆着两个孩子脱下的衣服。离衣服不远的地方，另一簇树丛下面，坐着一名中年妇女，目不转睛地看着河里嬉戏的孩子。树丛挡住了我的视线，我不能确定她的年龄，也许她是其中一个孩子的母亲，也许是奶奶，也许是别的什么亲戚。

两个孩子继续玩着水，一会儿扑腾扑腾地学游泳，一会儿又互相泼水，打起水仗，很开心。树丛下面的中年妇女，安静地看着他们，脸上挂着似有似无的笑意，有时拿出手机，翻看几眼，又关上，目光回到水中的孩子身上。

几分钟，也许十几分钟之后，两个孩子似乎玩累了，光着腚，向岸上走去。大一点儿的孩子，朝中年妇女坐的树丛下面瞄了一眼，忽然涨红了脸，用双手捂住下体，急急地跑到衣服边，胡乱地套上了裤子。小一点儿的孩子，也很快地穿着衣服。我忍不住扑哧一声笑了，两个孩子，害羞了呢。中年妇女将头扭向另一边。两个孩子穿好了衣服，手拉着手，沿着河边的小路，跑了。

奇怪，他们竟然没和中年妇女打声招呼，而中年妇女也没有跟着孩子离去。她站起来，掸掸身上的草屑，看看两个孩子的背影，朝我这边走来。

中年妇女从我身边走过的时候，我忍不住好奇，和她打招呼。我的问候，吓了她一大跳，她大概没想到，树丛后面还有人吧。我问她，刚才游泳的两个小家伙，是你的孩子吧？现在就下水，太早了点，水肯定还有点凉呢。

她看看我，摇摇头，他们不是我的孩子，我也不认识他们。

不是你的孩子？我诧异地看着她，笑着说，看你的神情，我还误以为是你的孩子呢。

她再次摇摇头。指着路那边的一幢民房说，我家就住在那儿，刚才路过时，看到河里有两个小家伙在玩水，边上又没见大人，估计是自己偷跑来玩水的，我不放心，所以，就在边上坐了下来，怕他们有什么意外。又指指小河说，这条河看起来不深，但是有几个险滩，每年夏天，都会发生意外。

我明白了，冲她点点头，你是个好人。

她不好意思地笑了，现在的孩子，都是家里的心肝宝贝呢，又调皮得很，要是出个什么意外，一个家就毁了。我反正也没什么事，看到他们在玩水，就盯几眼，有个大人在边上，总会安全些。我没看到你也坐在河边。

我有点难为情地笑笑。我只是闲坐，而她是为了一份默默的守护呢。

中年妇女和我告别，向路对面走去。

阳光安静地洒在河面上，风吹到脸上，暖暖的。

优雅的侧立

一袭红色长衫，满头如丝银发。在全场热烈的掌声中，她款款走上舞台，以一曲高亢的《水乡桥韵》，拉开了"纪念改革开放三十周年——红线女粤剧艺术作品展演"的帷幕。

她就是红派艺术的创始人、著名粤剧表演艺术家红线女。

洒脱，飘逸，神采飞扬，你根本看不出，这是一位已经八十三岁高龄的老人。那眼神，那动作，那唱腔，那仪态，那神韵，都极具感染力，像一股风，穿透时空。

从艺七十年，演过上百部粤剧，拍过九十多部电影，独创"红腔"……红线女，在中国戏曲艺术史上，成为一面独特的旗帜，享誉海内外。虽然已经八十三岁高龄，红线女仍然活跃在艺术一线，每天九点半以前，她一定会准时出现在红线女艺术中心，开始她一天的工作：研究、开会、看录像、修改剧目、手把手教徒弟……她说："我年纪大了，不能到处上舞台演出了，但是，我一直在努力，我还要进步。"

"我还要进步"，这是一位老艺术家的拳拳心怀。虽已耄耋之年，仍然孜孜追求，不肯有丝毫的懈怠。所以，当红线女再一次站在舞台上的时候，她的一招一式，举手投足，都准确、到位、传神。老人边唱边舞，长衫飘飘，身轻如燕，仿佛一团火，将场上的气氛，一下子点燃了。

　　踩着音乐的节点，红线女最后以一个优雅的侧立，结束了她的歌舞，凝固在舞台上。老人的姿势，稍稍后倾，侧身而立，欲倒未倒，如升腾的风，如欲飞的燕，亦如往上蹿的一团火焰，照亮她脸上的笑容。红衣，白发，鹤颜，舞蹈，融为一体。

　　全场掌声雷动。

　　演出结束后，记者在采访红线女的时候，不约而同地提到了一个细节：老人侧身而立的姿势。记者们纷纷表达了对老人的赞美和钦佩："我们看到您在舞台上的侧立，姿势特别优美，仪态特别优雅。"

　　是的，那确实算得上一个经典的造型，凝聚了一位八十三岁的老艺术家，对于舞台艺术一生的体悟，让人惊叹。

　　没想到，红线女却笑着解释说，"哪里啊，你们弄错了。我有一条腿肌肉萎缩得很厉害，侧着站，是在找支点啊！"

　　老人道出的实情，出乎所有人的意料。因为，大家都以为，那么优雅的侧立，应该是经过老人精心编排的。谁也没有看出，那是因为老人的腿肌肉萎缩了，站不住了啊。

　　我想起有一年的春节晚会，赵丽蓉老师在小品表演快结束时，突然单腿跪倒了。现场和电视机前的观众，都发出了会心的笑意，后来大家才知道，那并不是赵丽蓉老师节目里原有的细节，而是因为赵老师的癌症病痛发作，她坚持不住，才有那惊心的一跪。那一跪，也是在找支点啊。

很多时候，我们只看到了舞台上的辉煌，没看见台下的辛酸和磨难、坚韧和执着。在我看来，无论是赵丽蓉的惊心一跪，还是红线女的侧身而立，都是优雅而美丽的！因为，那不仅是她们的一个支点，也是每一个心怀梦想并执着追求的人共同的精神支点。

情绪空间

　　单位有两辆公车，各配备了一名司机，老张和老王。

　　两人都是老驾驶员了，车开得一样稳、一样安全。老王开得更快一点儿，如果同时从一个地方出发去另一个地方，老王一定能比老张早到几分钟。

　　两名司机的车，都坐过。感觉不一样。老王开车，很猛。上车，车门才关上，车已经"嗖"地蹿出老远了。一路呼啸。过路口，远远地看见是绿灯，老王必定加大油门，赶上那个绿灯。擦着边赶过去了，老王就一脸得意；要是没赶上，老王就会狠狠地骂一声，好像信号灯专门和他作对似的。

　　坐老王的车，经常听到的，便是他的抱怨、牢骚和谩骂。有人没打方向灯就超车，老王气得咬牙切齿："什么玩意儿，敢超老子的车！"他一边骂，一边猛踩油门，追上去，猛打方向，别对方一脚。从后视镜里看到对方吓得一阵手忙脚乱，老王乐得前仰后合。有人横穿马路，如果没走斑马线，老王便会恶狠狠大骂一声："找死啊！"如果走斑马线，但是走得慢了点，挡住了老王的路，老王同样要骂一声："没吃早饭啊，瞧你那病歪歪的样儿！"路上有几个坑，绕来绕去，还是被某个坑颠簸了下，老王一边左右打着方向，一边抱怨："这是什么鬼路啊！"

车窗关着，没人听见老王的抱怨、牢骚和谩骂，除了坐在他车上的人。当然，老王的抱怨、牢骚和谩骂，都是针对别人的，与坐在他车上的人毫无关系。但大家一路无语。到了目的地，大家一个个表情木然地走下车。

老张开车，则显得不急不躁。等大家都上车了，他扭头看看，确定所有的人都坐稳了，才徐徐起步。路上，只要遇见有人横穿马路，他必定减速，让行人先过。常常能看到这样的情景，一个走到马路中间的人，突然看见驶过来一辆汽车，吓得进退两难。老张远远地就松了油门，等行人走过去。有时候，行人会习惯性地站在路中央，让汽车先过，老王就冲行人摆摆手，示意他先过。行人终于明白是怎么回事了，一路小跑地穿过马路，走到马路边了，不忘向车里的老王挥挥手，或者微笑地点点头，以示感谢。老王也乐呵呵地报以微笑。几乎每次坐老张的车，都能碰到这样的事，因此，每次老张都能够收获到陌生行人的挥手、点头，或者微笑。

坐老张的车，发现同样的路段，老张吃的红灯，要比老王多。遇到红灯，老张不急，不恼，不躁，趁着停车等红灯的光景，换个光盘，或者简单整理一下驾驶室，红灯就在轻快的音乐声中，变成了绿灯。很少能够听到老张骂骂咧咧。路上突然遇到有人强行超车，老张也从不气恼，反而将车往边上靠靠，尽量让出道来。问他咋这么好脾气？老张笑笑，急着超车的人，一定是有什么紧急的事情，让让他何妨。

同样到一个目的地，等老张的车赶到时，往往坐老王车的人，已经等了一袋烟的工夫。老张一脸歉意。不过，从老张车上下来的人，却一个个表情轻松、坦然，面带微笑。

老王和老张，是我们单位的两名司机，坐他们的车，几乎同样平稳安全。但是，人们似乎更愿意乘坐老张的车。因为小小的车厢，是一个情绪空间，它传递的是快乐和温暖，还是抱怨和牢骚，都会直接影响到每一个乘客的心情。

生活中，我们每个人，也都时刻处在一个个情绪空间之中。我希望自己是在快乐之中，并传递快乐。

第四辑
成事与成功

　　成事容易，成功难。正因为这一点，我们才需要不断修正自己，不浮躁，不气馁，不妥协，努力成事，梦想成功。

命运可以随时拐弯

他是个出了名的问题孩子，逃学、捣蛋、捉弄老师、欺负同学，可谓"无恶不作"。同学怕他，讨厌他，避之唯恐不及；老师也对他渐渐失去了耐心，放任自流；他的父母，一个重病缠身，一个苦于生计，想管也管不了。除了偶尔被老师拿着花名册点到名字外，他已经差不多被人遗忘了。

这是个偏僻的山区学校，贫穷是笼罩在很多孩子身上的共同特征，每年，学校都会拟定一份名单报给教育局，以方便那些好心的捐助者选择资助对象。很显然，并非每个孩子都能上这份名单，有幸被选上名单的，都是品学兼优的孩子，学校会在每个名字的后面，附一份该同学的学习和表现情况，这是关键的一张纸，很多捐助者就是据此选择他们要帮助的孩子。因此，能上单，就意味着不但可能得到一份资助，而且，也是一份"荣誉"，它说明了学校和老师对自己的肯定。

又一批名单报上去了。

一天早晨，还没有上课，他早早地来到了学校。这是他第一次这么早走进学校。在班主任的办公室外徘徊了许久，他下定决心，走了进去。他从书包里，小心翼翼地摸出一张纸片，递到老师面前，"老师，这是我昨天收到的汇款单，是一位上海的叔叔捐给我的学费。谢谢老师！"

　　老师简直不敢相信自己的耳朵，他也收到了捐助？而老师清楚地记得，报上去的名单里，根本没有他的名字啊。老师接过汇款单细看，收款人果然写着他的名字。虽然心存疑惑，老师还是决定，把这个好消息告诉全班同学。

　　当老师在班级里宣布这一消息时，班级里一下子变得鸦雀无声，所有的眼睛都齐刷刷投向他。疑惑，羡慕，感叹，什么表情都有。而第一次被这么关注，他激动得满脸通红，腰板挺得笔直。他从来就没有坐得这么正过。

　　这天，他第一次没有在课堂上捣乱，每一堂课，听得都非常认真。

　　放学了，他才收拾书包，跟在同学们的身后，走出学校。这是他难得一次没有早退，按时放学。

　　第二天，他又是一早来到了学校。教室里还没有人，他将教室的地，扫了一遍，然后，坐下来，打开书本，读书。同学们陆续走进了教室，惊诧地看着他。上课了，他第一次按时上交了作业本。

　　他惊人地变化着。不再迟到。不再早退。不再恶作剧。不再四处捣蛋。上课时，他安静地坐在自己的位子上，听老师讲课。老师提问时，他第一次举手发言。月考时，他的试卷上，第一次没有出现红色……

班主任对他做了一次家访。

他拿出了一沓信。"这都是资助我的叔叔寄来的。"他忽然有点不好意思，"叔叔在信中说，是老师推荐我的，老师在推荐信里说我是努力、上进、优秀的孩子。我没想到老师会这么夸我。"他偷偷瞄了一眼老师，黑黑的脸，泛出红晕。"叔叔还说，他会一直支持我上学，直到我上大学。我不会让老师和叔叔失望的。"他紧紧地咬着嘴唇。

老师一脸迷茫，这份推荐信显然不是他写的。怎么会这样呢？老师也想不明白。但是，不管怎样，有一点可以肯定，他彻底改变了。老师坚定地拍拍他的肩膀。

谜底直到几年后，才揭开。他考取了一所重点大学。资助人也赶来庆贺。班主任老师私下里问资助人，当初为什么会选择他这样一个问题学生？资助人一脸错愕，你们的推荐表上写的是优秀学生啊。

资助人正好带来了最初的那张推荐表。班主任一看，上面潦草地手写着许光军。那是另一名学生。而他的名字叫许辉。

多一句话

　　从医学院一毕业，他就进了父亲的诊所，成了和父亲一样的乡村医生。父亲的诊所，方圆十里八乡都很有名，每天就诊的人，排成长队，也没几个人愿意到几步之遥的卫生院去看。医药费便宜，是它最大的特色。在市医院看一次腹泻，得百十元，到父亲的诊所看，十几元就药到病除。从他进诊所的第一天开始，父亲就谆谆告诫他，诊所是为乡邻们开的，不以营利为目的，在任何情况下，都不能开大处方。他将父亲的话牢记在心。

　　他进诊所，是被看作来接父亲的班的，父亲年龄渐大，一天看几十个病号，已经吃不消了。而他本可以像他的同学一样，选择进大医院，薪水也比诊所优厚。父亲是当年被打成右派，从城里的大医院下放到这里的，在他们家最困难的时候，得到了淳朴的乡亲们的照顾和庇护，所以，后来父亲被平反后，坚决地放弃了回城的机会，在乡里扎了根。他对那段艰苦的生活，也有印象。正是出于同样的感恩之心，他也选择了回乡。他成了父亲得力的帮手。

　　诊所只看一些普通的病症，诸如感冒、腹泻、炎症之类。如果病情复杂，他们会立即建议病人上大医院诊治，以免延误。对他来说，这些病症可谓小菜一碟。读大学时，他就成绩优异，兼之每年寒暑假都能在父亲的诊所里实习，可以说，他的医术已经一点儿也不比父亲差。而他看过的病人，也确实都很快痊愈了。然而，奇怪的是，来看病的人，大多仍然会选择让父亲看。有时候，看到对面父亲的诊室前排着的长队，而自己门前病人稀稀落落，他会涌起一股莫名的失落感。

　　父亲似乎也注意到了这个现象，他查看了儿子的门诊记录，没开过大处方，药方也都是正确的；儿子看病时的态度，问诊周到，热情友善，也没毛病啊。不过，在连续留意几天后，老父亲还是发现了问题，老人决定让儿子陪自己门诊几天。

　　他坐在父亲身边，观摩父亲诊治。对待每一个病人，父亲详细问诊，把脉，察看舌苔，摸腹，然后，给病人开处方。他特别留意了父亲所用的药，与他的判断几乎一致，根据病人的病情，他也会开出这个药方的。一切似乎与自己的诊治都没有什么差别啊。

　　父亲也不着急，只顾自己和平时一样，一个接一个看病。一个姑娘，陪着一位老人来看病，肠胃不舒服。父亲仔细问诊检查后，确诊是消化不良。开好药，父亲对老人说，老哥，我刚刚检查了你的咽喉，你还有慢性咽炎。老人连连点头，是啊是啊，难怪经常感到喉咙不舒服，你也给开点药吧。父亲摇摇头，慢性咽炎重在保养，你一定抽烟吧？听我一句话，把烟戒了。烟不戒，吃什么药，你的咽炎也好不了，会反复发作的。默默地站在一边的姑娘忽然激动地插嘴说，爷爷，你听见了吧，医生都让你戒烟，你就是不信。老人看看姑娘，又看看医生，憨憨地说，是得戒了，戒了。姑娘搀扶着老人站起来，笑着对父亲说，医生，谢谢你，你的话他听。

看着这一幕，他猛地一震。自己每次看病，都是开完了处方，就急着看下一个病人，根本没时间再和病人交流，而父亲似乎总会比自己多说那么一两句话。这一发现让他惊喜不已，他继续坐在父亲身边，观摩父亲看病。下一个病人牙痛，父亲检查后，确定是牙周炎，老父亲开好药，问病人，是不是喜欢吃咸货？病人直点头，最喜欢吃腊肉和咸菜了，每年冬天，家里都会腌很多咸货，一直要吃到夏天呢。语气里透着满足和自豪。父亲摇着头说，咸货开胃，但吃多了，有害健康，还是少吃点吧。病人捂着腮帮子，点点头，电视上也这么说呢，听你的，今年就少腌点咸货。

几天的陪诊结束了，儿子回到了自己的诊室。一位年轻妈妈领着孩子走了进来。孩子肚子疼。化验单显示，孩子肚子内有蛔虫。他很快就开好了药方，递给孩子妈妈。然后，他拉过小孩的手，看了看他的指甲，笑着对小孩说，你看看，你的小手指甲太长了，里面藏着好多小虫呢，一不留神就跑进了你的肚子里，记得要多洗手，常让妈妈剪指甲哦。男孩腼腆地低下了头，妈妈弯腰对孩子说，听到了吧，医生叔叔的话，是不是跟妈妈讲的一样？男孩看看他，又看看妈妈，点了点头。

他微笑地目送年轻妈妈拉着孩子的手，离开。他的心里暖暖的。又一个病人走了进来。

转角遇到爱

　　黄昏，居民楼下陆陆续续聚集了不少老人，一边摇着扇子纳凉，一边说说话唠唠嗑儿，十分热闹。

　　老人都是这里的住户。这是个老小区，楼房都是六层的，一二层住着的基本上都是老人，有的老人原来住的楼层高，和下面低层的年轻住户一商量，调换了房子。住在低层，对行动不便的老人来说，方便。可是，一二层的房子终归有限，住户里的老人又多，不少人家是三代同堂，住在上面的老人，上下楼就很不方便。以前，经常能看到住在楼上的老人，手里拎着个小椅子，下楼。椅子除了来到楼下坐坐外，主要的功能还是上楼回家的时候用，爬一层，放下椅子，坐一会儿，喘口气，养足了劲，再爬一层。有的住在楼上的老人嫌费事，干脆不下楼了，成了宅老。

　　不知道从哪天开始，三楼的转角处，放了一把椅子，以为是谁忘记拿回家了，但很多天过去了，椅子一直在，显然，椅子是谁特地放那儿的。上下楼的老人，爬楼梯累了，走到三楼转角处，正好在椅子上坐一坐，歇歇脚。三楼转角处的椅子，成了楼上老人的中转站。下楼的老人，慢慢多起来了。

不久，五楼、四楼、二楼的转角处，也都分别放了一把椅子。有的是木椅子，有的是竹椅子，二楼放的竟然是一个小型的旧沙发。没有人知道是谁放的，也许是哪位住在楼上的老人，也可能是某个家有老人的年轻后生。有什么关系呢。拐角处的这几把旧椅子，给上下楼的老人，带来了很大的方便，纵使是住在最高的六楼的老人，现在也敢下楼来了。楼下有一小片开阔地，那是老人们聚集的地方。

于是，经常见到这样的场景。某个老人累了，准备回家休息去了。爬到二楼，在椅子上小坐一会儿，顺便从楼梯口探出脑袋，向下面的老伙伴们挥挥手。上到三楼，或者四楼，或者五楼，再停下来，坐一坐，再探出脑袋，挥挥手，这回是真正的告别。老人安全地到家了。楼下的老人们，也挥挥手，继续着他们开心的话题。

孩子们也很喜欢这些椅子，但他们不是坐，而是爬上椅子，将半个身体趴在楼梯口，朝下面嬉嚷，这让坐在楼下的老人们惊出一身冷汗，呼唤孩子赶紧下来，危险。有的孩子调皮不听话，就有一位老人气喘吁吁地爬上楼，将孩子拽下来。下次碰到孩子的父母，不忘叮嘱一声。都是住一个楼梯洞的老邻居，熟悉得跟家人一样。

楼梯转角处的椅子，成了这幢老居民楼的一道风景。可是，问题也暴露出来了。老楼房，楼梯本来就窄，又放了把椅子，上下楼就有点碍手碍脚，特别是搬动大一点儿的家具物什的时候。

某天，一位住在四楼的中年男人想出了一个办法，不知道从哪儿弄来了一把可以折叠收起的椅子，然后，在拐角处的墙壁上，钻了几个眼，将折叠椅安装了上去。需要坐的时候，将椅子放平，贴墙而坐，不需要的时候，就将椅子再靠墙折叠起来。一点儿不碍事。

折叠椅受到了老人们更加热烈的欢迎。一把折叠椅，成本需要一两百元，老人们商议自己凑钱，将每个楼层都安装一把。一位做小生意的居民，自告奋勇拿出了一笔经费，又购置了四把这样的折叠椅，将二楼以上都安装上。住在一楼的一位老人的女婿是一家装修公司的工人，利用一个周末，将几把折叠椅都安装好了。

老人们开心极了，上下楼再也不那么艰难了。除了可以每天下楼，和老伙伴们见见面、聊聊天以外，最让他们开心的是，他们甚至可以邀请以前的老朋友、老同事、老伙伴，上自己的家里做做客了。住在楼上的老人，已经很久没有互相串门了，上下楼对老人来说，都太难了。现在，他们在发出邀请的时候，不忘叮嘱老伙伴一声，楼梯口都有一把折叠椅，可以坐下来喘口气，不着急啊。

这是发生在我所居住的杭州城的故事，这幢老式居民楼拐角处的椅子，成为一道亮丽的风景，让附近居民楼里的老人们艳羡不已，不过，别急啊，据说，政府已经拨出专款，在所有老居民楼里推广。

转角处的一把椅子，让我们感受到了对老人的关爱和温暖。有时候，爱就这么简单。

故乡的客人

　　亲戚的孩子结婚，邀请他去喝喜酒。欣然应允。先坐飞机，再改乘绿皮火车，又坐了近两小时的客车，总算辗转回到了故乡。从车站走出来，他却有点恍惚了，喜宴是明天，他不知道是直奔亲戚家好呢，还是该先找个酒店落下脚，明天再赶过去。

　　这是母亲过世后，他第一次返乡。父亲十多年前就去世了，三年前，母亲也走了。办完了母亲的丧事，他在县城的妹妹家小住了几日。临别时，妹妹对他说，哥，以后回来你就上我家住吧。当时他点点头。他还没有完全从丧痛中走出来，也没有体会出妹妹的话的意味。当他再一次回乡，站在熟悉却又陌生的车站出口，他忽然发觉，自己不知道该往哪里去了。

　　以前当然不是这样。以前，父母在时，每次从外地回来，不管多晚，他都不着急，不担心，更不会茫然不知去处，他会打个车，直奔县城二十里外的家，那个他从小长大的乡村。有时候，他会提前告诉父母，我回来啦！有时候，忘了事先跟父母说一声，忽然就出现在了家门口，让年迈的父母又惊又喜，嗔怪他老大不小了，还搞突然袭击。

也有时候，并不急于回家，先到县城的妹妹家歇个脚，见见城里的亲朋，然后，再和妹妹妹夫一起，带着他们的子女，一大帮子人，浩浩荡荡地下乡，回家。一到村头，就看见了手搭在额头眺望的老母亲，露水打湿了她的裤脚，天知道她从几点钟就站在村口了，一定是妹妹提前告诉了老母亲他回来的消息。陈旧的老宅，忽然又被人声塞满，兴奋得吱吱作响，站立不稳的样子。他们兄妹几个长大成人后，都像鸟儿一样飞离了老巢，只在他们回来时，老宅才再一次呈现出欢乐、饱满的样子。这才是他熟悉的味道，家的味道。

这一次，他恍然不知去处。他自然还可以像以往那样，先到妹妹家去。他和妹妹从小就关系很好，妹妹的孩子们，还有妹妹的孩子的孩子们，也都与这个不常见面的舅舅、舅爷爷很亲，但是，那终归是妹妹的家。以前落个脚，甚或小住几日，都没有关系，他是有自己的家的，父母在家里等着他呢，他随时可以回家。现在，再去妹妹家，就只能住那儿了，而不是落个脚，中转一下，歇息一下，真正成了一个借居的客人，与去别的亲戚家、朋友家，并没有什么两样。

他也考虑过，直接去那个办喜事的亲戚家。但这个念头一冒出，就被他掐灭了。人家要办大事，忙都忙煞，却要腾出时间和精力来提前招呼自己，他自觉甚为不妥。

还是先回老屋去看看吧。他在心里，用了老屋这个词，而不是家。父母都不在了，那已经不是家了。他叫了辆车，回到乡下。对司机说，你路边等等我，我还要回城的。母亲去世后，他和妹妹将母亲的遗物整理好，锁上门，就再也没有回来过。老屋的一个墙角已经坍塌。看样子，县城的妹妹也不怎么回来。他绕着老屋转了几圈，残破的老屋，和心中那个家一起，再次坍塌一地。

在村口，他遇见了一个面熟的村民。村民说："回……"话说了一半，咽了回去，变成了邀请："要不，上我家坐坐吧。"他谢了村民，那一刻，他意识到，对这个他从小长大的村庄来说，他是个客了。他乘车回了城，订了一家酒店。他知道，他是这家酒店的客。

犹豫了一下，他还是给妹妹打了电话，告诉她，他现在县城，住在某某酒店。妹妹嗔怪说，哥，住什么酒店，咋不来家里住呢？他讪笑。妹妹说，那你过来吃晚饭吧。他答应了。

从酒店走到妹妹家。在门口，遇见了刚刚买菜回来的妹妹。邻居看看他，对妹妹说："家里来客啦？"妹妹看了一眼邻居，抢白她："什么客，我哥！"妹妹的话，让他感动，可是，他知道，那个邻居说得没错，他就是一个客。在妹妹家，他是客；在这个县城，他是客；在故乡，他也是个客。

那天晚上，他在妹妹家，与妹夫喝了很多。回到酒店，迷迷糊糊接到儿子的电话，儿子问："爸，你明天在家吗，我们回家来哦。"他告诉儿子，他回老家了，但是，你妈在家呢。

放下电话，他泪流满面。在故乡，他已是客了，但是，在他的家，他在，妻子在，那就是儿孙们的家呢！

我的善良与他人无关

　　假日里的一天，同事的孩子在路上，遇到了一个怀抱婴儿的年轻女人。女人先是问路，接着便面露难色地说，自己是来杭州旅游的，可钱包却被人偷了，想向他借点零钱坐车。孩子听了女人的遭遇，从口袋里掏出钱包，毫不犹豫地将几枚硬币递了过去。年轻女人连声道谢，夸他是个善良的好孩子。

　　小家伙正准备将钱包放回裤兜里，却仿佛忽然想起了什么，主动问道："阿姨，你的钱包被偷了，那你到了火车站，怎么买票回家呢？"年轻女人显出一副无奈的样子，"到了火车站，再说吧。"小家伙迟疑了一下，再次打开钱包，将里面的几十元纸钞也拿了出来，递给女人道："阿姨，这是我准备去买书的钱，也给你吧。"

　　年轻女人显然没想到，孩子会主动把钱包里的钱，都拿出来给她。但还是犹犹豫豫地接过了小家伙递来的钱。孩子似乎还有点不放心，对她说，要是这钱不够买车票，我可以打电话让爸爸过来，他的单位就在附近。年轻女人连连摆手："不用了，不用了。谢谢你啊，小朋友，你真是一个好孩子。"一边说，一边匆匆地抱着孩子离开了。没钱去书店买书了，孩子来到单位，把事情的经过说给了爸爸听。同事赞许地摸了摸孩子的头，拿出几十元钱递给孩子，让他还是去书店买书。

孩子一走，办公室里就炸开了锅，大家一致觉得，那女人是个骗子，一位同事还语气坚定地说，他经常看到有个抱孩子的女人在单位附近活动。孩子被骗了，这一点大家意见基本一致。而争论的焦点是，要不要告诉孩子真相。一种观点是，必须告诉孩子真相，以免他再次受骗。而另一种观点却是，不要告诉孩子，否则，他的善心会受到伤害，今后可能不会轻易相信他人了。大家各执一词，似乎都有道理。

让我惊讶的是孩子爸爸的态度。他说，孩子一说事情的经过，他就预感到，那个女人可能是骗子，而他没有说穿，是因为不想挫伤孩子的善心。再说，也可能那个女人，真是遇到了困难。同事说："这孩子从小只要看到乞讨的人，无论是老人还是壮年，都会停下来，将自己的零花钱拿给人家。我也曾试图告诉他，有的人是真的不能自食其力，有的人却是因为好吃懒做，你要视具体情况来决定要不要给钱，不然，你的爱心，就可能是被欺骗了。"

没想到，孩子却歪着脑袋反问："我怎么分得清呢？我帮助他们，是因为我善良，与他是什么样的人，有什么关系呢？"

同事感慨地说，孩子给他上了一课。善良是孩子的天性，我希望他能保持这颗善心。一个人的美德，是出自他真诚的内心，不需要回报，也无关他人的态度。

成事与成功

　　一个小伢儿，连滚带爬，跌跌撞撞，蹒跚学步。最后，他终于学会走路了。

　　一个半身不遂的人，装了假肢，咬着牙，忍着剧痛，克服种种艰难，最终重新站立了起来，再次学会了走路。

　　前者叫成事，后者为成功。成事与成功有什么区别？在我看来，大凡迟早能做成的事，虽然途中也有困难，亦靠努力，那都是成事，事情终于做成了。而需坚定的信念、不懈的追求，甚而耗尽毕生心血的，才敢叫成功。

　　很多时候，我们说的成功，只是成事。

　　一个孩子，考了所好学校，固然不易。但他成功了吗？我看未必，他前面的路还长着呢，他最终能不能成材还两说着呢，怎么现在就能叫成功？这只是漫漫人生路上的一小步，只是圆了一个愿望，只是做成了一件事而已。

　　一个职员，加班熬点，终于将手头一堆杂乱无章的工作做完了。这当然也不能叫成功，只说明，他付出了，他努力了，他最终也做成了。如果换作别人，也许要花更多的时间，费更多的精力，但总归是可以完成的，达到的。

一个生意人，费尽口舌，想尽办法，几经蹉跎，终于谈成了一笔大买卖，可预见的利润相当可观。这算不算成功？当然不是，他只是做成了一笔买卖，做成了一件事。

我们经常沾沾自喜的"成功"，往往都只是做成了类似的一件件事。

当然，成事并不容易。不是什么事你想做就能做，也不是什么事你想做就能做得了，更不是什么事你做了就一定能做成。我们的一生中，很多时候，很多事情，你做了，而且是很努力地去做了，却没有做成。

就像你做成了一件事，并不能就叫成功一样，一件事，我们千辛万苦而没有做成，也并不意味着你失败，它只说明，你没有做成这件事。我们的很多挫败感，来源往往就是一件事的成败。如果一件事做砸了，就以为自己失败了，因而心灰意懒，一蹶不振，那你就真的离失败的人生不远了。

一件事的成与不成，甚而很多件事的成与不成，都不能决定一个人的成功或失败。任何一个人，一辈子都能做成很多很多事，有小事，也有大事，但他未必就是成功的。反之，一个人一辈子也会做不成很多很多事，跌了很多大大小小的跟头，但他执着于自己的信念，朝着自己的人生目标锲而不舍地努力，纵然最终他也未能如愿以偿地达到自己的顶峰，他的人生也未必就是失败的。

把做成了一件事就当成成功的人，很容易满足，这没什么不好，人生需要一些小安慰。但这样的人，也很容易受伤，一旦在某件事上受挫，就可能颓废，看不到未来。最终能走向成功殿堂的，一定是那些不以一事论成败，不以一时论英雄，不以一己而囿世界的人，他们怀揣理想信念，坚定，执着，淡泊名利，砥砺前行。

也未必是做大事的人，才配叫成功。芸芸众生，无名小卒，一辈子也可能没机会遇上一件惊心动魄的大事，我们遇到的，我们所做的，可能都是些芝麻粒大的小事，我们甚至也没什么远大崇高的理想，我们就永远也无法成功了吗？当然不。我觉得，一个人，能把一件哪怕是再小的事，不但做成了，而且做到了完美，达到了极致，他就是一个成功者。

成事容易，成功难。正因为这一点，我们才需要不断修正自己，不浮躁，不气馁，不妥协，努力成事，梦想成功。

时间都去哪儿了

时间对人说，如果你愿意，我可以每天帮你存储一分钟，在你最需要的时候，再还给你。

人说，这个主意很好，但是，我非常非常忙，时间根本就不够用，一丁点多余的时间都没有，恐怕你没办法从中拿走任何一分钟。

时间笑笑，我只从你多余的，或者闲暇的，或者无所事事的时光中，拿走一分钟，再帮你存储起来，绝不会影响你的正常工作和生活。

人点点头。心想，时间本来就是你给我的，正好让你看看，你给我的时间是多么少，多么不够用。

时间发现，人的一天，真的非常忙碌：

早晨起来，甚至来不及吃一口早饭，就得往单位赶。到了单位，就开始打电话，接待客户，上网查阅邮件，看看新闻，忙得像陀螺一样。下午马不停蹄，连开了三个会，读了一叠文件，签了一堆名字；晚上陪领导和客户，喝酒吃饭，饭后又唱了几个小时的歌，还打了几局牌，直到深夜，才疲惫不堪地回家。

时间摇摇头，人确实太忙太累了，似乎真的一点儿多余的时间都没有。

不过，时间还是神不知鬼不觉地，每天从人的身上，拿走一分钟。

第一天，时间是趁人打一个电话的时候，悄悄拿走了他的一分钟。这个电话已经打了半个多小时，没完没了。类似的电话，人经常打。有时候是因为感情上的事，有时候是和合作伙伴谈判，有时候仅仅是闲扯。时间拿走了其中的一分钟，人毫无知觉。

第二天，时间是从饭局上拿走了人的一分钟。一帮人酒都喝高了，为了其中的两个人要不要再干一杯，一帮人你来我往地拉扯了十几分钟。时间就是这时候下的手，拿走了人的一分钟，人醉意蒙眬。

第三天，是双休日，人和几个朋友相约，打了一下午的牌。时间轻而易举地从中拿走了一分钟，谁也没有察觉。

有一天，人为了一件事，生闷气，整整一上午，什么事也没做。时间拿走了其中的一分钟。

还有一天，人坐在电脑前发呆。时间蹑手蹑脚地拿走了一分钟。

日子一天天过去了。时间每天都从人那儿，偷偷拿走一分钟，人一直浑然未觉。

直到有一天，死神找到了人。

生命眼看走到尽头了，人心有不甘。人哀伤地对死神说，请再宽限几天，我还有很多事情没来得及做呢，我没来得及孝敬双亲，我没能好好陪陪妻子和孩子，我虽然天天忙忙碌碌，但自己喜欢的事情却一直没做。请再给我几天，让我尽尽孝心，陪陪孩子，做做我自己的事。

　　死神坚决地摇摇头，你已经没有时间了。

　　人忽然想起来，若干年前，时间曾经答应，每天为自己存储一分钟。但他不能确定，这个约定有没有效。因为，他从未觉察哪一天，少过一分钟。

　　时间站了出来。时间说，从四十年前，当你身强力壮的时候开始，我就确实每天帮你存储了一分钟，直到今天，四十年总共正好是十天。

　　人一听，激动不已。人对时间说，谢谢你在不知不觉中，帮我存下来这十天，我一定要好好珍惜这最后的时光。

　　时间摇摇头，可惜这十天，你也已经使用完了。

　　人绝望了。死神准备带走人。人哀号，求求你，今天你不是还拿走了我一分钟吗？请还给我！

　　时间说，没错，我刚才就是利用这一分钟，告诉你这一切的。

　　人一声大叫，从床上惊醒，一身冷汗。

"没出息"的理想

"我的理想是，长大了，开一家粮油店。"小涵的话音刚落地，同学们就哄堂大笑起来。

老师差一点儿也笑了。在小涵之前，孩子们说出来的理想，不是科学家，就是医生，不是老师，就是艺术家，总之，都是"高大上"的。开一家粮油店，这也算理想吗？

小涵并没有因为同学们的嘲笑声而止住，他接着说，粮油店的名字我都想好了，就叫"888粮油店"。

连名字都想好了，看来，这并非他的一时冲动，老师示意他继续说下去，为什么叫这个名字？

小涵说，他之所以想开一家粮油店，有两个原因，一是他的舅舅现在就开了一家粮油店，生意很好，因为这个粮油店，舅舅一家人衣食无忧；第二个原因，也是最主要的原因，现在人们吃的很多东西，都不安全、不卫生，他准备长大了之后，在城里开一家粮油店，同时在农村老家，再种几亩庄稼，自己的粮油店卖的产品全是自己亲自种植的，让大家可以放心地吃。而之所以叫"888粮油店"，是因为他发现，舅舅的粮油店卖的东西，大多不是八毛一斤，就是八元一斤，小涵觉得，"888"三个数字，好记，也好听。

老师赞许地点点头。虽然小涵的理想不那么高大上，甚至在很多人的眼里还很没出息，但是，一个孩子能想到将来自食其力，还考虑到食品安全这样的大事，还是值得鼓励的。

小涵的理想说完了，其他的孩子一个接一个说出他们各自的理想。有个男孩子想做一名飞行员；还有个男孩子说长大了就去当兵，争取当一名威武的将军；一个女孩子说将来想考艺校，做演员，当明星；另一个女孩子则希望成为一名画家。这些十一二岁的孩子，兴奋地为自己的未来，画了一张又一张理想的蓝图。这堂班课热闹而生动。

日子在继续。孩子们继续每天的功课，上学，放学，做作业，考试。那堂关于理想的班会，渐渐地被淡忘。这样的班会，我们每个人都经历过，就像这些天真烂漫的孩子们一样，我们也都无比兴奋地谈过自己的理想。"没出息"地只想开一家粮油店的小涵，在被同学们嘲弄了几天之后，也慢慢被淡忘。紧张而单调的学习，让孩子们很快就重新回到课业和分数之中。

放假前，老师带领学生们参加一次户外活动。那天，天气很热，孩子们都跑去买水喝。老师也买了一瓶矿泉水。很快，水就喝完了，老师正寻找垃圾桶，准备将空了的矿泉水瓶扔掉。突然，小涵走到了老师面前，看着老师手中的矿泉水瓶说，老师，能把空矿泉水瓶给我吗？

老师以为他是要帮自己扔矿泉水瓶，就说，我自己扔吧。小涵说，不是帮你扔掉，我是想要你的矿泉水瓶。老师将矿泉水瓶给了小涵。小涵接过老师的矿泉水瓶，熟练地将矿泉水瓶往地上一放，用脚一踩，瓶子就瘪了，然后，弯腰捡了起来，放进自己的背包里。老师好奇地问他，这是干吗？小涵说，老师，我攒着卖钱啊。

　　这时，旁边的几个学生围了过来，七嘴八舌地说，我们几个的空矿泉水瓶都给他了，他踩瓶子的样子好专业啊。有个同学说，老师，他平时也捡矿泉水瓶的，都已经很久了。他简直就是一个小破烂王。

　　老师好奇地问他，你真的一直在捡矿泉水瓶吗？

　　小涵点点头。

　　他的家庭条件并不差啊，老师不解地问他，为什么？

　　小涵说，每次我拿这些矿泉水瓶卖，都能卖十几块钱，我已经靠这个办法，攒了好几百元了呢。

　　可是，你靠捡矿泉水瓶攒钱，做什么用呢？老师还是不大明白。

　　小涵犹疑了一下，说，老师，我不是说过，长大了我想开一家"888粮油店"吗？我把这些钱都攒着，留着将来开粮油店啊，这就是我的原始资金呢。

　　老师愣住了。她没有想到，这个孩子，竟然把那次班会上的话当真了，一直默默地为他的理想积攒着、努力着。而自己当初听到他的那个"没出息"的理想时，甚至也在心里很不以为意。

　　以她多年的教学经验，她知道，孩子的理想，往往会随着年龄的增长而改变，所以，班会上孩子们说出的理想，她并没有太当真。而此刻，她忽然意识到，一个人的理想是什么，是不是高大上，是不是光鲜，其实并不重要，重要的是，你是不是一直在为实现自己的理想做准备，你是不是真的在为自己的理想付出汗水。而面前这个小男孩，他已经开始在为他的理想做着准备，这是最难能可贵的啊。也许他的理想还会改变，但就算他长大了真的开粮油店，她也相信，他能把粮油店做到最好。什么是出息？这就是出息。

　　她想，回去之后，就立即再开一次班会，她要告诉她的学生们，别忘了你的理想，更别忘了从此时此刻，就开始为你的理想做准备。不管你的理想是什么，做，永远比想更重要。

教 子

回家。在我前面，一对母子手拉手走着，孩子四五岁的样子，虎头虎脑，很可爱。

小区门口的岗亭上，笔直地站着一位保安。小区物业为了改善小区的形象，做到文明服务，要求值勤保安在业主经过时，必须敬礼。母子从保安身边走过时，保安"啪"地向他们敬了一个标准的军礼。年轻的妈妈牵着儿子的手，忽然停了下来，弯下腰对儿子说，叔叔向你敬礼，你是不是应该表示感谢啊。孩子看看妈妈，又仰头看着保安，也抬起手臂，学着保安的样子，敬了个礼，并用稚嫩的童音对保安说，谢谢叔叔。年轻的保安脸竟然红了，连连摆手，小朋友，这是我们应该做的。妈妈蹲下身，赞许地对孩子说，小朋友就应该这样讲礼貌。得到妈妈的表扬，孩子一脸灿烂。

这一幕，让我非常感动。很钦佩这位年轻的妈妈，通过这样一些细小的举动，不失时机地给孩子以做人的教育，让孩子从小就懂得尊重别人，礼貌待人。

　　他们沿着小区的道路，朝前走去，我也继续跟在他们后面往家走。孩子一边走，一边还在兴奋地和妈妈讨论这件事。"刚才那个保安叔叔，好帅啊。"孩子说。年轻的妈妈点点头。孩子忽然仰起脸，激动地对妈妈说："长大了我也要当保安，妈妈，你说好吗？"妈妈停下了脚步，瞪着孩子："没出息！长大了，你要像爷爷一样当领导，或者像爸爸一样，自己做老板。只有没出息的人，才会去做保安。"似乎还觉得不够，年轻的妈妈又重重地加了一句："儿子，我跟你讲，长大了你要是不好好念书，就只能像刚才那个保安一样，一辈子没出息地替别人站岗，明白吗？"孩子似懂非懂地点点头。

　　听着这对母子的对话，我惊愕不已。年轻的妈妈，又一次拿活生生的例子，教育了一回自己的孩子。可是，这前后两次的教育，多么截然不同啊。

　　这让我想起另一次经历。年前的一天，单位组织一帮人，去慰问扶贫结对户。一位同事将儿子也带上了，他的儿子上小学三年级，淘气得不得了，在家里像个小皇帝一样。同事想找个家里有同龄孩子的困难户，一方面帮他们一把，另一方面也给自己的儿子好好上一课，让他认识到自己的生活是多么幸福。慰问了单位结对的困难户后，在村支书的引荐下，我们陪着那位同事，来到了一个困难户家庭。这是一个特别困难的家庭，女主人因重病常年卧床不起，两个孩子，一个读初中，一个上小学，全家的重担，全落在了男主人一个人的肩上。男主人没读过几年书，什么手艺也没有，连像别人那样进城打打工，都不可能，日子过得很艰难。在介绍了情况后，同事拿出了事先准备好的红包，亲手交给困难户家的男主人。男主人推阻再三，最后，在我们的劝说下，接过了那个红包。同事的儿子还掏出了自己的几十元零花钱，送给了困难户家上小学的孩子。两个孩子的手，紧紧地拉在了一起。

回来的路上，我们对同事的做法都大加赞赏，一致认为，这是一堂生动的教育课。同事摸着儿子的头，夸奖他今天的表现非常好。孩子有点害羞地低下了头。没想到，同事又趁热打铁地教育儿子："看到了吧，回去不好好读书，将来你就会和那个叔叔一个下场。"一车人错愕不已。

也许我的这位同事，与我在小区所遇到的那位母亲一样，急迫地想教育好自己的孩子。可是，这一课的背后，是多么让人悲凉和痛心的现实啊。我不能确定，我们在孩子心灵中，到底埋下的是怎样一颗种子。

地板上的月牙儿

　　头发理好了。镜子里的我，显得精神多了。我满意地朝理发师点点头。

　　我准备站起来，理发师却示意我再等等。以为他觉得哪里不如意，还需要修剪一下。为客人理发，他总是丝毫不马虎，不论是生客，还是熟客，这也是我定点在他这儿理发的原因。我笑着说，可以了。他换了一把细细长长的剪刀，对我说，你有几根白头发，我帮你挑出来，剪掉。说着，左手将我的头发扒开，理顺，轻轻地挑起一根，右手握着剪刀，小心翼翼地伸到发根，剪断。

　　一根，两根，三根……一共找到了十九根白发，都帮我从发根剪掉了。又仔细地用手将我的头发都扒拉了一遍，确认没有白头发了，才拿起梳子，帮我将头发重新梳顺。他一边梳理，一边跟我讲着平时怎样护理头发。从镜子里看到他，神情专注，手法熟练，举止从容，像做着一件大事似的。

这是小区里的一家社区理发店，门脸很小，只有他一个理发师，也只有一张椅子。虽然离家近，但以前我从没有进去理过发，总感觉这样的小理发店，是专门为社区里的老人们服务的。我都是在小区外的一家大理发店理发。直到有一次，因为急于参加一个活动，来不及去那家大理发店了，我才第一次走进他的小店。没想到理发师的手艺非常棒，剪出来的发型很适合我。价格也公道，理一次发，只要十元钱。

　　再次去他的理发店理发时，他正忙着为另一个客人理发，我坐在一边等待。这才留意了一下他的小店，狭小，干净，设施非常简单，唯一可以称得上精致的，是地上铺着的暗红色的实木地板，让人感觉古朴而温暖。他低着头，专注地为客人修剪着头发，不时围着椅子，移动脚步。当我的目光落在他的脚上时，惊讶地看见，椅子后面的地板，因为他的脚踩来踩去，红漆被磨光了，露出了木头的本色，样子看起来就像镶嵌在暗红色地板上的一个白色月牙儿。

　　在帮我理发时，我和他聊了一会儿。他告诉我，从这个小区建立那天起，他的这个小店就开张了，至今已经快二十年了，小区里的不少老住户，都是在他这儿理发的，有的孩子刚出生时在他这儿剪的胎毛，如今都长成大小伙子了。难怪椅子后面的地板，都磨出了木头的本色。我让他看看自己的脚下，他低头瞅了瞅，忽然憨憨地笑着说，地板都磨白了。我说，那是你踩出来的月牙儿呢。

　　地板上的月牙儿，那是一个理发师十几年的舞台。想象着一个人长年累月，就围着一张椅子转动，工作，那是怎样的一种寂寞，又是怎样的一种境界啊。月牙儿升起来了，理发师也从意气风发的青年，步入了蹒跚的中年。

每次去菜市场买菜，我都会上唐师傅的肉铺，买点猪肉或排骨。不为别的，就因为唐师傅卖的肉，安全、公道，决不会有病猪、死猪。一年三百六十五天，除了每年大年初一这一天关张外，唐师傅的肉铺天天都会营业，而唐师傅总是站在他的肉铺后面，笑眯眯地迎接着每一位顾客。

唐师傅的肉铺上，有一个硕大的砧板，厚度足足有一尺半，是最好的蚬木做的，样子不像是个砧板，更像是一个敦敦实实的圆木桩，靠里的一侧深深地凹陷下去。有一次和唐师傅闲聊，他告诉我，二十多年前，父亲特地去广西给他买回来的，那时候他刚刚高中毕业，高考落榜了，心灰意懒地跟着父亲一起在菜市场学卖肉，这个砧板就是父亲送给他的礼物。当时，这个砧板有六十厘米厚。唐师傅一边为我剁骨头，一边有点自嘲地说，没想到，这一干就是二十多年，如今儿子都读大学了，那么厚的砧板，也被我剁掉一小半了。

唐师傅挥舞着厚实的砍刀，在砧板上一刀刀剁着，坚定，干脆，有力，手起刀落，骨头被剁成均匀的块状。

忽然想，这块砧板，不就是唐师傅的舞台吗？砧板一点点凹陷下去，岁月一点点流逝，砧板挑起了唐师傅一家的生活，也支撑着唐师傅的希望。

对我们很多人来说，人生的舞台，也许就是一张理发椅，一块厚实的砧板，或者一台缝纫机，一面黑板，一个方向盘，一只电脑鼠标，一亩土地，一把瓦刀……我们一生中的很多时间，就是在它们面前度过的。舞台如此之小，微不足道，但是，只要稍稍留意，你就会发现，那里面一定有一个人的青春和岁月的痕迹，一定也呈现出了一个美丽的月牙儿。

正是无数个这样的小舞台，才搭建成了人生的大舞台、社会的大舞台。

请自备容器

　　一家图书馆的墙上，贴着这样一张告示：本馆所有知识免费，请自备容器。读者看了，不禁莞尔。知识是免费的，可你得有盛知识的容器啊，这个容器就是你的大脑。不自备，别人永远帮不了你。

　　去年到香港参加一个培训，课程安排在浸会大学。学校特别安排了一个教室，给我们这些内地来的短期进修生。教室外的走廊上，除了几样点心外，还有一桶纯净水和一壶咖啡，桌上放着不多的几只一次性纸杯。老师告诉我们，点心、水和咖啡，都是免费供应的，水和咖啡，最好用自己带的杯子盛，如果没有带的话，也可以使用一次性纸杯，但为了环保，请大家每天最好只使用一只。我注意到，课间休息时，老师宁愿跑很远的路，回自己的办公室拿杯子喝水，也没有一个人使用那些一次性纸杯。老师说，自备容器，已经成为大部分港人的一个自觉习惯。第二天，我们就都赶紧去便利店买来了玻璃杯。

在浸会大学上了十多天的课，老师几乎没有发给我们一张复印的资料。而对于我们这些来自内地的短期进修生来说，都想尽可能多地带一些香港的资料回去。老师似乎明白我们的想法，所以，每天讲完课，老师都会将自己的讲稿拷贝在教室的电脑里，学员们需要，可以用自己的U盘拷贝。我们几个忘带U盘的学生，除了拼命地记笔记外，就只能用自己的大脑——这个容积最大的容器了。

浸会大学附近的联福道上，有一间冷饮店，卖的冰镇可乐，口感特别好，每次路过，我们都会忍不住买一杯尝尝。有意思的是，这家冷饮店的墙上，贴着一张告示：自备容器，可享受优惠，买中杯，送大杯。不少人是拿着自己的杯子去买可乐的，据说，用自己的杯子盛，同样的价钱，会多出二成的饮料。我们买的玻璃杯再次派上了用场。用玻璃杯喝可乐，味道比纸杯更纯粹。只是我们不明白，店老板省下了一个纸杯，却多付出二成的饮料，这不是亏本的生意吗？不过，看看人口这么密集的香港，大街小巷都那么干净，就明白，为什么一个饮料店的小老板，会做出这种蚀本的买卖了。自备容器，一个小小的举动，换来的，可能是生存环境的大变化。

记得小时候，妈妈一边在厨房里做饭，一边高喊，快去打瓶酱油来。于是，一个快乐的身影，手里握着一只泛黑的酱油瓶，飞快地向代销店跑去。有时候，我们也会拎着瓶子，帮爸爸打酒，帮奶奶打煤油……每一只瓶子，都是反复用了无数次，泛黄、泛黑、泛紫，看不出它的本色，不过，只要凑到瓶口嗅一嗅，这只瓶子是派什么用场的，就一清二楚了。那时候，我们的容器不多，每一个容器，都蓄含着生活的滋味，让人们倍加珍惜。

今天，还有谁会拎着一只瓶子去打酱油吗？没有了。超市里，几乎所有的东西，不是瓶装的、罐装的，就是袋装的、盒装的，包装都很精美，再也不需要我们自备容器了。而我们的家中，也到处都是用光了的废弃的瓶子、罐子、盒子、袋子，这些曾经的容器，当它们被掏空之后，就不再是容器了，成了垃圾。

我怀念用瓶子打酱油的时代，那时候我们的容器不多，因此，我们总想着将它们装满。而有了一只自己的容器，我们就可以将我们的生活，盛装其中。

挽　扶

公交车缓缓地驶动了。车窗外，寒流将行道树上的最后一枚叶子，摘了下来，路上的行人，紧紧地裹住身体，以抵挡寒风的侵袭。不过，公交车内却温暖如春，空调暖气在车窗上，留下了一层白雾。

乘客不是很多，大多有座位。驾驶员的身后，是一个竖排的双连座，坐着一个三十岁左右的男子，带着一个两三岁的小女孩，小女孩坐在另一个位子上。男子一只手拎着一只破旧的工具包，一只手环绕在女孩身后，女孩乖巧地倚靠在男子的臂弯里。看得出，这是一对父女，男子的身上沾着斑斑点点的泥灰，一看就是进城打工的农民，小女孩穿得倒是干干净净，两根小辫子梳得整整齐齐。

公交车颠簸地前行。

摇摇晃晃中，男子的身子，慢慢地向右侧倾斜，脑袋像个悬挂在空中的葫芦，摇来晃去。男子打盹睡着了。环绕着小女孩的手臂，也无力地、慢慢地松开，垂下。没有了父亲臂弯的支撑，小女孩的身体，随着公交车的颠簸，前后晃荡。小女孩惊恐地扭头看看爸爸，爸爸却紧闭着眼，睡得正香。小女孩没有喊醒爸爸，只是用一只手死死地拽着爸爸满是油灰的衣角。

如果急刹车，小女孩太危险了。车上的乘客轻声议论。喊醒那个男人吧。有人建议。有人说，他可能太累了。

忽然，坐在他们对面的一个中年妇女，从座位上站了起来，她径直走到小女孩身边，站住，一只手拉住吊环，一只手轻轻地环搭在小女孩的肩膀上。小女孩抬头看看她。她朝小女孩笑了笑。小女孩也笑了笑。

公交车继续前行。有段路坑坑洼洼，颠得人前后摇摆。男子的身体也左右晃动，但这并没能惊醒他，他的脑袋在摇晃中，搭靠在了一边的扶手上，这个支撑，使他睡得似乎更香。而小女孩因为有了站在她身边的中年妇女的搀扶，稳稳地坐着。倒是中年妇女，不时地随着车子的颠簸，而前后晃动，她的一只手，紧紧地拉住头顶上的吊环。

车载电视里，在播放天气预报，又有一股寒流南下了。

车子进站了，上来了一批乘客。已经没有空座位了，有的乘客站着。

公交车在夜色中穿行。

中年妇女对站在身边的一个姑娘说，我下站就要下车了，你能帮忙扶下这孩子吗？姑娘看看中年妇女，又看看小女孩和她身边睡着的男子。她郑重地点点头。

下车了，站在她身边的姑娘，将一只手轻轻地搭在了小女孩的身上，姑娘的身高不高，所以，手臂正好环绕着小女孩。小女孩似乎明白了站在她身边的大人们对她的善意，她的头有意无意地靠在姑娘的身上，一只手拽着爸爸的衣角，另一只手拽着姑娘的衣角。

暖气在车厢内游动，让人几乎觉察不出，这是一个寒冷的冬天的夜晚。

自动播报器播放下一站到站的站名，男子闻声猛然惊醒，他揉揉眼睛，茫然地看看身边，小女孩安然地坐在自己的座位上，他放心地笑笑。看到爸爸醒了，小女孩也咧开嘴，笑了。姑娘看见男子醒了，将搭在小女孩身后的手，悄悄抽了回来。男子弯腰拎起工具包，对一路上发生的这一切，他浑然不觉。他对小女孩说，我们要下车了，妈妈在家等我们呢。

车到站了。男子站起来，抱着小女孩准备下车。他对站在身边的姑娘说，我们下车了，你坐吧。姑娘笑笑，道谢。

男子抱着小女孩下车了，公交车继续前行。寒风中，车厢内温暖如春。

信　赖

　　黄昏，几个男孩子，在小区的草地上玩耍，不时听到他们快乐的叫声。

　　一个胖胖的男孩，拘谨地站在一边。他们不带他玩，因为他是"傻子"。有时候，他们的球踢到路那头了，他们就喊他："傻子，帮我们去把球捡回来。"他就像得到命令的士兵一样，乐呵呵地跑去捡球。球捡回来后，他们继续玩，他则张着嘴巴，站在一边有滋有味观看。偶尔帮他们捡下球，或者帮他们递下饮料。他很乐意做这一切。

　　男孩子们玩倦了。有个男孩提议，玩背摔吧。就是一个男孩往后摔下去，另外几个男孩用手臂搭成梯接住。大家轮流来做，比比谁最勇敢。

　　提议的男孩先做。男孩站在一个小土坡上，闭上眼，身体笔直地向后倒去。在即将完全倒下的时候，另外几个男孩的手臂，牢牢地将他接住了。

大家齐声喊好。"傻子"羡慕地看着他们，兴奋得哇哇直叫。

　　又一个男孩站了上去，在往后倒之前，不放心地回头对伙伴说，你们千万接住哦，别丢手啊！众人答应。男孩犹豫着，慢慢倒了下去。

　　又是一阵掌声。"傻子"崇拜地看着他们，拼命地拍手。

　　男孩们一个接一个站在土坡上，勇敢地往后摔倒。在即将倒地的瞬间，被伙伴们牢牢地安全地接住。

　　有个男孩忽然看了一眼站在一边的"傻子"，然后，和其他几个孩子嘀咕了几句什么。男孩们向"傻子"招手，示意他过去，问他，你愿意来做一次吗？

　　"傻子"不相信地张大了嘴巴，激动得连连点头。

　　"傻子"学着他们的样子，站在了土坡上。然后，在众人"一二三"的呼喊声中，毫不犹豫地向后倒去。

　　站在他身后的男孩子们，突然抽回手，一哄而散。"傻子"胖胖的身躯，重重地摔在了草地上。

　　片刻的沉静。"傻子"哇哇哭了起来。

　　从附近的居民楼上，飞快地跑下一个中年男人。他是"傻子"的爸爸。刚才，他站在自家的阳台上，目睹了这一切。

　　男孩子们吓得四处逃散。

　　都是一个小区的孩子，"傻子"的爸爸认识他们。

　　晚上，"傻子"的爸爸一家一家去敲门。男孩子们看到"傻子"的爸爸找上门来，都吓得躲进房间，不敢出来。他们想，完了，"傻子"的爸爸一定是来找家长告状的。

"傻子"的爸爸一遍遍地向男孩的家长说明事情的经过，家长们听了之后，一边向"傻子"的爸爸道歉，一边就要将孩子揪出来揍一顿。"傻子"的爸爸阻止了他们。他对他们说，自己只有一个请求，就是请你们的孩子明天晚上再到草地上，和自己的孩子玩一次背摔游戏。家长和孩子们都答应了"傻子"的爸爸。

　　第二天黄昏，几个男孩子又聚集到小区的草地上。"傻子"和他的爸爸，也过来了。看到男孩子们，"傻子"往爸爸的身后缩了缩。

　　男孩子们继续玩背摔游戏。最后一个，轮到了"傻子"。

　　"傻子"躲在爸爸的身后。爸爸蹲下来，和他交流。男孩子们也鼓励他再玩一次，并承诺绝不逃开，绝不松手。

　　"傻子"迟疑地站在了土坡上。"一二三"，在爸爸和众人的鼓励声中，"傻子"闭上眼睛，慢慢地向后倒去。

　　众人的手，稳稳地接住了"傻子"。在众人的臂弯中，"傻子"哈哈大笑。

　　"傻子"的爸爸搂着儿子的头，激动地对男孩子们说，谢谢，谢谢你们还给他信赖。

时间不是老人

　　一直以为，时间真是个老人。

　　没有人能告诉我们，时间有多老。时间比我们的纪元更老，以耶稣诞生之日作为公元纪年的开始，人类迄今的纪元才区区两千多年，时间显然比之老多了；时间比三皇五帝更老，比开天地的盘古更老，比古希腊的时间之神克洛诺斯更老。我们能够追溯的人类历史，据考古专家们的观点，大约四百多万年，而在此之前，时间就存在了。时间比我们已知的任何一个人更老，比我们已知的任何一个神仙更老，也比我们已知的任何一件事物更老。

　　因为无法确切地知道时间到底有多大年龄，人们于是相信，时间是个老人。

　　还有一个更重要的原因，那就是，人们宁愿相信时间是个老人。

　　因为，如果时间是个老人，它就会步履蹒跚，我们的脚步就可以追赶上它；如果时间是个老人，它就会慈悲为怀，慷慨地给予我们更多一点儿时间；如果时间是个老人，它的手就会绵软无力，经常像沙子一样遗漏一点儿时间给我们；如果时间是个老人，它的耳朵背了，听不到我们试图窃取它的时光的计谋；如果时间是个老人，它就会眼神不济，看不到我们大把大把荒度的时光，而因此惩戒我们；如果时间是个老人，它的神志也许就不再那么清醒，我们可以乘机糊弄糊弄它老人家，肆意地耗费它给予我们的时光……

没错，如果时间是个老人，我们就可以轻松地向它预借一点儿，骗取一点儿，偷拿一点儿，甚至是巧取豪夺一点儿；或者可以没节度、无羞愧、不自责地耗费一点儿、虚掷一点儿、浪费一点儿、透支一点儿属于我们或根本就不属于我们的时间。

时间真是个老人的话，那一切就太美好如意了，我们可以远离它的视线，摆脱它的掌控，挣开它的束缚，逃避它的惩戒，甚或可以纵横驰骋，为所欲为，天地之间，唯我为大。还有什么比挣脱时间的枷锁，更让人开心的吗？人生苦短，从此成为笑谈。

可惜，时间不是老人。它精明，敏锐，睿智，洞察秋毫，秉公无私，神力无边。任何企图逾越、凌驾时间之上的行为，都注定要被时间击溃。在时间面前的任何投机取巧，都不堪一击。

把时间比喻成老人，可以说是人类最蹩脚的一个比喻。

时间像个调皮的顽童，它和你玩耍、嬉闹、游戏，却在不知不觉中，把给你的时间，都悄悄地藏起来了；时间又像个害羞的少女，含情脉脉，令人痴迷、销魂，你以为可以和它进行一场旷世的爱恋，它却神不知鬼不觉地把你的时间，销蚀殆尽；时间还像个威武的壮士，守护着自己的阵地，任何对时间的企图，都将被它一拳砸烂；时间也像个主妇，如果你精打细算，勤俭有为，它就会用擀面杖，将你的时间，碾压得又细又长，让你受用终生。

有时候，时间更像个吝啬鬼，惜土如金，永远别指望从它手上，多拿一秒钟；时间又可能就是个魔鬼，手持魔杖，时刻准备剥夺本属于你的时间；时间也可能像个天使，给予珍惜它的人，更多一点儿回馈。当然，正如人们习惯比喻的那样，时间也可能真的就是个老人，这位老人，德高望重，洞悉一切，令人敬畏，不容冒犯。

其实，在我看来，时间更像是一面镜子，它竖在我们每个人的心中，你以怎样的面目出现，以怎样的态度对待时间，时间就还你一个最真实的你。在时间面前，从无例外。

第五辑
每朵花本应芬芳

每一朵花，都本应芬芳、灿烂、快乐的，是我们自己先掐灭了孩子的天性，也掐灭了自己的快乐啊。

每朵花本应芬芳

　　一帮年轻的父母聚在一起，话题不知不觉扯到孩子身上，有人提议，每个人讲个自己孩子有意思的桥段。提议得到了一致赞同。要说自己孩子的趣事，谁不是几箩筐也盛不完啊。

　　一位妈妈先讲了自己两岁半宝宝的故事。她说，自己的宝贝女儿非常调皮，带她的外婆根本对付不了。有一天，她正在上班，宝宝又在家里淘气了，她就打电话回去，想吓唬吓唬她，故作严肃地对她说："你要是不乖，等会儿妈妈回家了，一定要给你点颜色看看。"女儿不吱声了，哈哈，一定是被唬住了。没想到，过了一会儿，女儿突然嗲嗲地说，"妈妈，你别忘了，宝宝喜欢的颜色是粉红色哦。"

　　多可爱的妞妞啊。众人都笑翻了。

　　另一位妈妈接着说。她家的宝宝，是个不到三岁的男孩，似乎有问不完的问题。这不，问题又来了：妈妈，为什么地球在转，我们却感觉不到呢？妈妈想了想，告诉他，那是因为我们很小，地球很大，所以感觉不到。儿子说，但是我有个办法可以感觉得到它在转。说完就在原地转起了圈圈，一连转了十几个圈，最后东倒西歪地停了下来，晕晕乎乎地说，妈妈，我现在感觉到地球在转了。

多伶俐的孩子啊。众人笑得也是东倒西歪。

一位爸爸接了茬。那天，带四岁多的儿子骑车出去玩，骑到半路上，突然下起了雨，仲秋的雨，打在身上，已带有丝丝寒意。慌乱之中，赶紧拿出雨披穿上，怕儿子淋雨，所以，用雨披将坐在后座上的儿子挡了个严严实实。儿子躲在雨披下面，两只小手将雨披撑起一角，高兴地大叫："包头雨，今天下包头雨！"

多乐观的孩子啊。众人纷纷竖起了大拇指。

一位妈妈笑着讲起了儿子的一桩糗事。两岁多的儿子在拉便便，突然，放了一个响屁，站在一边的奶奶故意逗他，佯装嫌恶状地问："宝宝，你刚才是不是放屁了啊？"儿子抬起头，想了想，很镇定地回答道："不是的。是我的屁股在唱歌呢。"

多幽默的回答啊。众人笑得前仰后合。

前面一位妈妈又补充了一件自己孩子的趣事：孩子刚上幼儿园的时候，午睡时间到了，幼儿园老师让孩子们上床睡觉。可是，孩子翻来覆去，就是睡不着，老师问他，为什么还不睡觉啊？这小子看着幼儿园老师，一本正经地回答，我是来幼儿园学本领的，不是来睡觉的。

大家七嘴八舌地谈论着，交流着，发生在孩子身上的每一件事，都是那么有趣，那么可爱，那么搞笑，那么温暖，孩子使他们原本平淡的生活，充满了变数，也充满了快乐。

我静静地听着他们的讲述。我的孩子，今年已经读高中了，即将迎来人生中最重要最艰难的考试——高考，一天二十四小时中，除了睡觉和吃饭不得不"浪费"（儿子的原话）掉的八九个小时外，他的全部时间都用在了看书和做大量的习题上，他甚至连和我们说句话的时间和精力，都没有了。而我们，因为害怕打扰他，在家里走路都是小心翼翼地踮着脚尖的。看着眼前这些年轻的父母们，我忽然想，我的儿子，在他年幼的时候，也是充满童趣、活泼、调皮、可爱、搞怪，给我们带来无数的欢笑和温暖，从什么时候开始，这种生活突然变了，变得如此沉闷、如此压抑、如此不堪的呢？

忽然明白，每一朵花，都本应芬芳、灿烂、快乐的，是我们自己先掐灭了孩子的天性，也掐灭了自己的快乐啊。那么，我眼前这些年轻的父母们，在不久之后，他们会不会也和孩子同时一步步地失去快乐的童年、少年和青年呢？

我希望永远能够嗅到花的芳香，不知道这能不能做到。

一点点收集起来的阳光

　　寒凉的天气，车子在路边停了一上午。冬天的阳光洒在车身上，惨淡得就像铺了一层月光一样。然而，打开车门，你会惊讶地发现，一股暖烘烘的气息扑面而来，仿佛打开了一扇暖房的门。那些看起来淡淡的，白白的，无精打采，似乎没有什么温暖的冬日阳光，被一点一点地收集起来，使车厢里温暖如春。

　　这真是让人惊喜，那些被一点点收集起来的阳光，慢慢地渗入你，温暖你，拥抱你。这些细碎的阳光啊，凝聚起来，集结在一起，就具有了无比温暖的力量。

　　我的一位老乡租住在闹市区的一个地下室，常年见不到阳光，周围又没有可以晒被子的地方，但她家孩子的棉被，却永远是香喷喷的，散发着阳光的味道。原来，只要是晴天，老乡出门上班的时候，就一定会将孩子睡的棉被带上，在她工作地的附近，找一个能晒到阳光的地方，将孩子的棉被拿出来，晒一晒。她是一名环卫工人，负责两条道路的保洁工作。因为周围高楼很多，一个地方，往往只能晒一两个小时的阳光，她就会不断地将棉被从一个地方，换到另一个地方。

穿过高楼大厦，散落在棉被上的一粒粒阳光啊，就像一只只温暖的小虫，倏忽钻进棉被里，藏匿起来。一只阳光小虫，又一只阳光小虫，它们聚集在一起，就是一个小太阳呢。晚上，当疲惫的孩子钻进被窝里的时候，阳光小虫就又一只只爬出来，钻进孩子的肌肤里，温暖、呵护着孩子。

我感动于这样的生活，虽然艰辛，却从不失温暖。

生活中，还有另一些阳光，也是这样被一点点地收集起来，照亮、温暖我们的人生。

我认识一位乡下的老医生，在他简陋的诊室里，为乡邻们坐诊了几十年。冬天，乡亲们来看病，给病人听诊前，他都会先搓搓自己的手，搓啊，搓啊，搓得热乎了，搓得红通通了，然后，焐住听筒，直到冰凉的听筒被焐热了，不再冰凉刺肤了，才开始给病人听诊。

这个老医生，他搓热自己的手，就是把自己身上的阳光小虫，一只只唤醒，让它们来焐热自己的病人呢。什么是医者仁心？这个微小的细节，就是。

对门住着一对老夫妻，老头的门牙掉得差不多了，却有个嗜好，喜欢吃瓜子。以前都是自己嗑，咔吧，嗑一颗瓜子；咔吧，又嗑一颗瓜子。可是，现在门牙没了，嗑不起来了。怎么办？

老太说，我帮你啊。

老太就用手帮他剥瓜子，啪，剥了一颗瓜子仁；啪，又剥了一颗瓜子仁。但是，老头嫌一粒瓜子太小了，简直不够塞牙缝。

老太也不恼，继续帮他剥，剥了一颗，又剥了一颗，积攒了十来颗瓜子仁，再一块儿给他。老头乐了，一把全塞进嘴里，门牙尽失的嘴巴，瘪瘪地包裹着一嘴的瓜子仁，脸上露出惬意的笑。

这是我在阳台上，看到隔壁阳台的一幕。我经常看到的另一幕是，老头帮老太梳头。老太的头发，已经掉得差不多了，老头一根一根地将它们梳通，理顺，然后，再结成小辫。从我搬家过来，看到老太的第一天，她就一直梳着这样的小辫子。

老头可以自己用手剥瓜子的，老太也可以自己梳头的。但是，她帮他剥瓜子，他帮她梳头，一天又一天，一年又一年。

这就是生活里的阳光，它们被一点点地收集起来。这些细碎的阳光啊，当它们集合起来，就有了无比温暖的力量。

一年生了多少气

去探望一位老朋友。他正在伏案，手里拿支笔，苦思冥想着什么。问故，答：正在给自己做个年终总结，看看这一年，自己到底生了多少气。

我一听，乐了。一年过去了，对自己的工作和生活进行一次盘点，回头看看这一年都有什么收获，取得了哪些进步，这好理解，可是，谁会盘点自己一年生了多少气？

朋友拧着眉说，这一盘点，还真发现了不少问题呢。说着，他将面前的白纸展示给我看，上面凌乱地涂鸦着他一次次"生气"的经过：

一次，朋友去省城某机关办事，因为路途堵车，赶到时，对方快下班了。因为距离远，去一趟不容易，朋友再三解释，恳请对方帮帮忙，帮他将事情办一下。可是，人家根本不予理睬，声称已经到下班时间，来不及办了，然后径自离去。朋友说，其实，只要两三分钟，就可以将他的事情办妥。当时，看着那位机关办事员骄横的背影，自己真是气得够呛。

还有一次，朋友去一家饭店吃饭，那天，饭店的生意火爆，菜点了半天，还没有上来，朋友就催服务员。服务员满口答应催催，十几分钟过去了，菜还是没上来，朋友将服务员喊来，责问是怎么回事。服务员也是一脸委屈。双方争执起来，朋友吃饭的心情一点儿都没了，怒气冲冲，饿着肚子，摔门而去。

朋友说，很多气，都是在外面受的。有时候，回到家，遇到不顺心的事，也郁闷、难受、生气。往往是跟孩子生气。朋友有个男孩，在读初中。朋友感叹，青春期的男孩，很多时候，就喜欢跟你拧，让人生气。印象最深的一次，是一个周日，他想带儿子去见一个朋友，儿子找了很多理由，坚持不肯去，父子俩为此闹开了。朋友觉得，将孩子养这么大，让他陪自己去见见朋友，他都一点儿不肯配合，养孩子有什么用？越想越生气。

数了数，朋友罗列了四五条生气的事。看来看去，都是些鸡毛蒜皮的小事。朋友挠挠头说，可是，当时可都是动了真气的，气得不行，气得够呛，气得肺都要炸了。奇怪的是，怎么才过去了不到一年的时间，这些事情，再回想起来，就不那么让人生气了，甚至觉得自己当时气得莫名其妙，小题大做？

朋友随手将白纸上罗列的生气的事，一条条画掉，然后，将纸揉成一团，扔进废纸篓，拍拍手，说，还有很多当时让人生气的事情，现在想不起来了，这说明，那些事，根本都是不值得生气的事情啊。而事到临头时，我们为什么会跟一些鸡毛蒜皮的小事过不去，生气、愤闷，甚至爆发呢？其实，生气是我们自己跟自己过不去啊。

我点点头。看着朋友扔进纸篓里的那团纸，我忽然想，我自己这一年来，遇到过多少不如意的事、烦心的事、苦恼的事、郁闷的事？而为了这些事，我又生过多少气呢？因为生活负担重，工作压力大，我的心情也时常沉重，不悦，生气。不过，恰如朋友所言，年终盘点起来，值得继续生气的事情，还真没有几件，很多当时气愤难当的事情，现在回头去看，很可能一笑就能了之。

　　我拿过朋友的笔，也像朋友一样，在白纸上罗列了我能记起来的让我生气的事情，然后，将它们一笔笔勾掉，揉成一团，扔掉。恍然觉得，心里就像整理过的空间，变得整洁、宽敞、透亮。

　　又是一年过去了，把自己的情绪也整理一下，盘点一下，将掩藏在我们体内的不良情绪和信息丢弃掉，为快乐的生活腾出空间，在我看来，这是一件十分有意义的人生小结。

最后一课

　　若干年后，小学生戈舟记忆里的最后一课一定是这样的：大雨天，一条小狗闯进了他们的教室。

　　"它让我接近结尾的小学生活，添上了一抹如彩虹般绚烂的美好回忆。"小学六年级学生戈舟，在他的作文里这样写道。

　　六月的杭州，大雨倾盆。早晨，在孩子们琅琅的读书声中，一条浑身湿漉漉的小狗，突然闯进了教室。胖嘟嘟的小狗似乎一点儿也不怕生，它蹭蹭一只桌腿，又嗅嗅一个孩子的鞋，摇着小尾巴，在教室里欢快地跑来跑去。

　　因为这个不速之客的到来，教室里一下子炸开了锅。它是从哪儿来的，又怎么会跑进他们的教室？孩子们放下书本，好奇地看着它，议论纷纷。

　　年轻的老师也放下了手上的语文书。还有一个多星期，就要进行毕业考了，她带的这届学生，就要小学毕业，离开她了。虽然小学升初中并不以考试成绩衡量，但她还是希望她的学生们，都能以优异的成绩，为小学阶段画上圆满的句号。这些天，正是最后的复习阶段，只剩下最后几堂语文课了，每一堂课都很重要，可是，偏偏在这个时候，教室里却突然闯进了一条小狗，孩子们的目光，一下子都被小狗齐刷刷吸引去了。

怎么办？把小狗赶出教室，继续上课？可是，外面正下着大雨，小狗闯进教室，就是为了躲雨的。把它赶到雨地里，孩子们会怎么想？

看到小狗身上湿答答的，老师赶紧先在地上铺了一块小地毯，小狗嗅嗅地毯，乖乖地在地毯上卧下了。看样子，这是一条跑丢了的宠物狗。

老师准备继续上课，可是，孩子们的目光和兴趣，却一点儿也舍不得离开卧在地毯上的小狗，坐在前排的几个孩子，甚至试图伸手去抚摩它。

老师想了想，对孩子们说，这堂语文课，我们改成写作课，同学们就以这个"小客人"为题，写一篇作文，可以是一则失物招领启事，也可以是一篇小通讯，好不好？

好！没想到，一致叫好，连一向最怕写作文的几个同学，也举手赞同。

有个孩子举手说，老师，它是一条宠物狗，所以，应该叫"失宠招领"吧。全班的同学听了都哈哈大笑。就在这阵阵的欢笑声中，一堂有趣的作文课开始了。

"班有来客""狗狗奇遇记""咱们班里的狗孩子"……孩子们埋头在各自的作文本上，写下了五花八门的作文题。

刘同学写道："我们永远无法预料到下一秒可能发生的事

情，大之可以改变你的命运，小之改变你一个时间段的心情。"

陈同学是这样写的："小狗进教室时，环顾四周，发现没有危险了，它开始摇尾巴，我们瞬间就被小狗狗的姿态萌到了。"

王同学描绘得有声有色："小狗朝书包叫了几声，仿佛在向书包示威，然后一头扎进书包里。"

戈舟同学则写出了所有孩子的心声："在今天淅淅沥沥的雨中，我们班迎来了一位可爱的不速之客，我是多么喜欢这个小家伙啊。"在作文的结尾，他发出了这样的感慨："它让我接近尾声的小学生活，添上了一抹如彩虹般绚烂的美好回忆。"

年轻的老师欣喜地看到，她的学生们，第一次把作文写得这么生动，这么有趣，这么富有想象力，而最让她欣慰的是，在作文里，她读到了孩子们一片片纯真的爱心。

事实上，这并不是孩子们的最后一课，但我相信，这一定是孩子们记忆里印象最深刻的一课，也是若干年后，他们一定都还能清晰地记住的最后一课。这一课，主题就叫"爱"。

"懒人"家的雪

在中国雪乡，几乎每一片雪，都是一道风景。雪乡的雪，厚积在一起，或状如巨大的蘑菇，或貌似憨厚的海龟，或形犹奔竞的骏马，或静若安卧的白兔……喜欢拍照的你，随便往哪儿一站，身后的皑皑白雪都会衬给你一个惊艳的背景。

不过，导游一定会告诉你，如果想拍到最迷人的雪景，你必得去"懒人"家的小木屋。"懒人"家的木屋顶上，有最厚实的积雪，最厚的时候能有一米多高；"懒人"家的后院，有最纯净的雪地，如镜的雪地上，每一片雪都恰到好处地停留在自己的位置上；"懒人"家的屋檐，厚厚的雪挂，一直拖到地面，成了最丰韵的雪尾巴；"懒人"家的木栅栏上，积雪凝聚成厚实的蘑菇、富态的白菜、丰腴的伞屋……走进"懒人"家被层层积雪拥围着的小木屋，犹如走进一个圣洁的童话世界。

一批批游客，被白雪牵引着，走向"懒人"家。

我也是循着雪的足迹，走进了"懒人"家的小木屋。果然没有让我们失望，"懒人"家的雪，比我们在雪乡别的人家看到的雪，更厚实，更洁净，更天然，更完美。

一个问题萦绕着我：同样在雪乡，难道雪更青睐"懒人"家吗？

导游笑了，当然不是，老天不会为"懒人"家多飘落一片雪。那么，为什么"懒人"家的雪，要比别的地方显得要更厚实而干净呢？导游说，这也正是"懒人"的由来。

导游给我们讲了"懒人"家小木屋的故事。

雪乡几乎在一夜之间出名之后，全国各地的游客纷纷慕名而来，蜂拥而至的游客，为偏僻闭塞的雪乡带来了滚滚财富。寂静的山村一下子热闹起来，全村一百多户家庭，几乎家家垒起了新炕，打扫干净门前的雪，办起了家庭旅馆，招揽游客。游客们住在村民家中，睡农家炕，吃东北小菜，堆雪人，打雪仗，其乐融融。有的村民，还推出一些特色游玩项目，诸如马拉雪地车、狗拉雪橇、雪地摩托、滑雪圈，等等等等。总之，村民们从中获取了巨大的经济收益，很多人家奔向致富的大道。

只有"懒人"家，毫无动静。"懒人"既没有多垒一个炕，以招揽游客，也没有去开办任何一个游玩项目，挣点外快。在大家竞相揽客生财的时候，"懒人"却双手笼在袖子里，安静地旁观着大家忙碌奔竞的身影，甚至连家门口的落雪都懒得清扫。不但不扫，"懒人"对落在他家的雪，都视若珍宝，倍加珍惜，不容许任何人动哪怕一片雪。于是，从入冬以来的第一场雪落在"懒人"的院子里开始，它们就再也没有移动过一步，一场雪，又一场雪；积起一层，又积起一层。层层叠叠厚厚实实的积雪，最终像一个朴素的白套，将"懒人"家的小木屋、"懒人"家的后院、"懒人"家的木栅栏包裹、堆积、成形。终于有一天，一个爱好摄影的人，循着白雪的踪迹，找到了"懒人"家的小木屋，如此圣洁、如此安静、如此完美，若处子一样的白雪，将他彻底震撼。"懒人"家的小木屋，成了热闹的雪乡唯一一个被完整保存的雪地院落，成为绝景。游客纷至沓来。这时候，人们才恍然明白，"懒人"实则不懒，他只是智慧地与雪融为一体。

听说这几天，"懒人"又独自一个人跑进林海雪原里去了，他想看看，雪落在一个完全没有人迹的地方，会形成怎样的景致。也许，明年去雪乡的人，能在他家的院子里，欣赏到另一幅自然飘落天然形成的雪景。

走出"懒人"家的小木屋，到处是热闹的游客，疾驶的雪地摩托，喔喔叫的拉雪橇的狗们，叫卖土特产的高音喇叭声，以及空气中弥漫的马粪的味道。盛名之下的雪乡，据说每年要接待几十万游客。热闹的雪乡，正在一点点失却它固有的安静和冷艳的韵味，而"懒人"家小木屋顶上的雪，安静而无奈地注视着这一切。

手 工

入夏的时候，忽然收到了邻居老王送的一把扇子，手工的，仿佛一股清风，掠过心头。

扇子有点重，扇面是包装纸板做的，手柄是用木头做的，重量就出自这截圆木头。木柄被打磨得很光滑，像圆溜溜的擀面杖一样，很顺手。老王告诉我，这把扇子都是废物利用，扇面的纸板是网购产品的包装盒，木柄的木头则是拖把的木棍子磨制的。拖把的木棍子大多是杂树做的，结实，坚硬，把它磨得这么圆润，得花费多少时间啊。

上下楼的邻居，家家都得到了这样一把手工的扇子。扇子都是手工的，但每把又各有不同，区别主要在木柄上。除了我得到的这样的木柄之外，还有一种手柄是空心的塑料杆做的，塑料杆轻巧，圆滑，不用打磨，又结实；还有一种最轻的手柄，是竹片做的，被细致打磨过的竹手柄，握在手里，既轻盈，又凉爽，老王将这样的扇子，都送给了有小孩的人家。而为了防止纸板烂掉，扇面的四周，都密密地缝了一层碎布。在每只扇子的右下角，还都用毛笔工工整整地写着几个蝇头小楷——"王记扇子"。

我们对老王的好意，表达感谢。老王却双手抱拳，对大家说，这些手工扇，其实并不是我做的，而是我们家老爷子做的，谢谢你们不嫌弃，如果喜欢的话，出来在楼下散步聊天的时候，带上扇子摇一摇、扇一扇，那就更感谢了。

没想到，都是他们家老爷子做的，老爷子至少有八九十岁了吧，有好长一段时间没看到老爷子下楼了。老王点点头，老爷子腿不大好，下不了楼了，又不肯闲着，这不，一入夏，忽然迷上了做手工扇子，每天都能做出一两把呢。送给大家的只是其中的一部分，还有不少都送给亲戚朋友了。如果老爷子站在窗口，看到你们在楼下拿着他做的扇子散步聊天，一定开心死了。

从我搬到这个小区，老王的老父亲就退休在家了，他以前是做什么的，不大清楚，但老人喜欢做手工，邻居们都感受颇深。前几年，老人还能上下楼时，一到小孩子新学期开学的时候，他就在楼梯口忙开了，摆正小桌子，免费为小伢们的新书包书皮。他包的书皮，平整、周正、结实，尤其是书的四个角，都精心拿捏过，不会扎着孩子们的手。连隔壁楼洞，都会有孩子把新书拿来，请老爷爷包上漂亮的书皮。

每年春天，社区都会组织一两次捐赠活动，居民们将家中的旧衣物捐赠出来，统一送到困难地区。老王家捐的衣物最特别。听说，每次老爷子都会仔细地将要捐赠的衣物检查一遍，掉了纽扣的，一定缝补上；拉链不顺溜的，则打打蜡，通畅了才行。那么一大把岁数，除了不能穿针以外，所有的手工活，都是他亲自做的，每一针每一线，都一丝不苟。

　　已经很久没有看到老爷子了，像很多老人一样，衰老总是从双腿开始，他早已不能下楼了。如果不是这个夏天，忽然又收到了他做的精致的手工扇子的话，我们差不多快忘记这个慈祥的老人家了。握着老人送的手工扇子，想象着一个白发苍苍的老者，佝偻着腰，坐在床头的桌前，在自己手工做的扇子上，颤巍巍地写下"王记扇子"，恍然觉得，每一把扇子，每一件手工作品，都仿佛是老人的双腿，它们帮助老人迈出家门，走到离他们最近的外面的世界。

窗口有面镜子

他感到自己走到了绝境。好不容易找到的工作又丢了，老婆有病，儿子的学习让人操碎心……他觉得人生所有的不幸都被他遇上了。

每天，他都将自己反锁在卧室里。他越来越害怕出门，不愿意看到熟悉的面孔，而大街上的热闹景象更是让他心烦意乱，为什么别人看起来都那么顺利，那么幸福，唯独自己要遭受一个又一个打击呢？

可是，待在屋里，也让他烦躁不安。天还没亮，几个老头老太就在楼下做操，烦人！收破烂的高音喇叭，扯着各种各样尖利的方言，烦人！飞过窗前的鸟，喋喋不休地鸣叫，烦人！最烦人的是，每天，对面四楼的窗口，都会伸出一面镜子，在那儿乱照，有时将刺眼的阳光反射进他家，吓他一跳。

他走到窗前，想看看到底是哪个没教养的小家伙，在捣蛋。对面的楼相距有点远，看不清。他找来儿子的望远镜，这回看清楚了，是面小镜子，可是，奇怪，没有人！再细看，原来镜子是绑在一根竹竿上，随着竹竿的晃动，镜子在缓慢地转动。突然，镜子停住了，悬在半空中。他将焦距对准镜子，模模糊糊看到，有人影在镜子里晃动……

他被激怒了。这个变态狂，是在窥视啊！

忍无可忍，他决定去教训教训这个可恶的家伙。

他找到对面四楼，拍打门，破旧的房门发出震耳的响声。半晌，门打开了，探出一个白发苍苍的脑袋。老太太颤巍巍问他，找谁啊？

他一下子愣住了，没想到，房子里会住着这么一大把岁数的老太太。你家里，还有什么人啊？

还有个儿子，在屋里，你是找他的啊？老太太高兴地将他让进了屋。

房间里阴暗，潮湿，散发着一股药物和霉味混合的怪味。他随着老太太走进里屋。一眼，他就看见了那面镜子，还高高地竖在那儿。竹竿下面是一张床，床上躺着一个人，那个人的手握着竹竿。

他走过去，准备一把扯下镜子。

他的手突然僵在了空中。

他看见了，一张灰暗的扭曲的脸，眼睛大得出奇，深深地凹陷在发黑的眼眶中。浑浊的眼睛，空洞，麻木，无助。

他惊呆了。转身看着老太太，不知道说什么。

老太太告诉他，这就是她儿子，这个世界上她唯一的亲人了。儿子命苦啊，十五年前，打小就体弱多病的聋哑儿子突然完全瘫痪了，从此就躺在了这张床上。自己年龄大了，搬不动他了，也无法让他出去晒晒太阳。这不，怕他太孤单，前几天我就想了这个笨法子，将镜子绑在竹竿上，这样，他自己就能用镜子照照外面，给眼睛放放风。你瞧，下午的辰光，还能用镜子反射点阳光进来呢……

他搬进这个小区已经几年了，从来没有注意到就在自己隔壁的楼房里，还住着这么一对孤苦的母子。

他低着头默默走了出来，扑面而来的阳光，一下子刺得他睁不开眼睛。他的眼里噙着泪花。他没有回家，径直向热闹的市中心走去。他要去重新寻找一份工作，他要从阴影里走出来，他要……

他不经意抬头看了看，四楼的那面镜子，在阳光下发出耀眼的光芒。

果实应该分享

深山里，长着三株野树——樱桃树、山核桃树和假花生树。

春天来了，樱桃树结满了鲜艳的果实，树枝都被压弯了。红艳艳的果实吸引了穿梭在密林中的小鸟，它们从四面八方飞来，享受着樱桃的盛宴。很快，樱桃树上的红樱桃就被鸟们啄食一空。假花生树看着樱桃树，叹了口气，你辛辛苦苦结的果实，都被鸟吃光了，自己什么也没留下，多可惜啊。樱桃树笑笑，能让这些可爱的小鸟填饱肚皮，在春天里飞翔，这是多么开心的一件事啊。

盛夏刚过，山核桃树就迫不及待地开花结果了，它的果实毛茸茸的，一点儿也不好看，还裹着一层厚厚的外壳。小鸟们飞来了，啄不动，又飞走了。一个迷路的山民，路过山核桃树下，又饿又累的他，看见山核桃树上挂满的果实，忍不住摘下一颗，敲开，尝尝，虽然有点苦涩，但味道还不错，他想，如果摘回去，炒熟了吃，味道一定更好。于是，他解下行囊，摘了满满一袋子，背回了家中。假花生树又叹了口气，山核桃树啊，你的果实那么难看，还是免不了被人类采摘，看来你的命运和樱桃树一样，注定一无所获。憨厚的山核桃树不以为然，它觉着，自己的果实能为人类填饱肚皮，有什么不好呢？

秋天的时候，假花生树也结满了一树的果实。假花生树盘算着，我可不能重蹈樱桃树和山核桃树的悲剧，让自己的果实被贪婪的动物和人类吞食了，而自己一无所有。得想个招，免遭采摘。思来想去，假花生树终于想出了致命的一招：让自己的果实有毒，这样，就谁也不敢采摘它了。假花生树努力将自己体内的毒素全部凝聚到果实上。四处觅食的猴子，爬上假花生树，剥开了一颗果实，一尝，又苦又涩又麻，吓得它赶紧扔掉了。人类看见连猴子都不能吃，知道它有毒，也不敢采摘了。假花生树得意地笑了，动物和人类都被它吓跑了，它捍卫了自己的果实。看着只有自己硕果累累，假花生树乐弯了腰。

第二年初春，当冰雪融化，漫山遍野都冒出了新的嫩芽，全是樱桃树的小树苗，原来，小鸟们吃食了樱桃后，樱桃的种子随着小鸟的粪便散播到大山的每一个角落，春天一来，这些种子全都发芽了。而在山民的村庄周围，山核桃的种子也开始抽芽了，人们在尝到了山核桃的美味后，发现它像圣果一样甘醇，于是，决定将山核桃的种子埋进土里，进行大规模的人工栽培。只有假花生树的果实最后都落在了自己身边的地上，因为缺少阳光和土壤，几乎没有一颗种子发芽。假花生树孤独地看着自己的影子和影子笼罩下的已经腐烂的种子，唉声叹气。

如果你的果实不能与他人分享，它很可能成为累赘，最后只能眼睁睁看着它们腐烂掉；而如果你的果实能为别人带来福音，成为大家共有的财富，那么，你的种子就会走到任何一个角落，遍地生根，成为这块土地上灿烂的风景。

这是野树的秘密，也是人生的智慧。

进城的蝈蝈

晚饭后，一家人散步。走到小区门口，被一阵密集的唧唧唧唧声吸引。是卖蝈蝈的。

儿子嚷着买一只。

路边停着一辆自行车，后座上左右两侧，捆着几百个小竹笼，每个小竹笼里都装着一只蝈蝈。走近了，蝈蝈声更加急促响亮，此起彼伏，像没有指挥的大合唱。

卖蝈蝈的中年男子站在一边，卷起破了边的草帽，呼哧呼哧地扇风。

问价格，中年男子指着竹笼，用一口郊县山区浓重的乡音说，左边的每只三元，右边的五元。问缘故，男人回答，左边的是养殖的，右边的是从庄稼地里一只一只捉回来的，叫声不一样的。

我好奇地问他，叫声有什么不同？

男子从左边摘下一个竹笼，这种蝈蝈叫声尖一点儿，细一点儿。你再听听这边的蝈蝈。说着，又摘下右边的一只竹笼，拎到我们面前，这种野生的蝈蝈，叫声粗犷一点儿，脆一点儿。我和儿子，都惊奇地竖起耳朵，左边听听，右边听听，唧唧——唧唧——，似乎没有听出什么不同。

儿子选了一只野生的蝈蝈。

提着笼子，儿子高高兴兴，和他妈妈先回家去了。唧唧——，一只蝈蝈的叫声，渐渐远去，就像大合唱里，一个声音唱着唱着，突然跑了调，越跑越远。

我还想和卖蝈蝈的中年男子聊聊。这成了我写作以来的职业病。

我好奇地问他，那些蝈蝈，是怎么从庄稼地里捉来的？

他说，这些蝈蝈，都是他两个孩子捉的。男子看着我儿子的背影，比画着说，我的小孩子和你儿子差不多大，大女儿已经读高中了。这些蝈蝈，都是他们姐弟俩放学后，上庄稼地和灌木丛里捉回来的。

说着，他忽然咧咧嘴，嘿嘿笑着说，你看你们城里的孩子，多白嫩啊，我两个孩子，晒得都跟黑蛋似的。

我也傻笑笑，不知道该怎么说。

他告诉我，每年一到夏天，两个孩子就会利用星期天和暑假，到田间地头捉蝈蝈，运气好的话，一天能捉个三四十只。孩子的爷爷奶奶，则会早早编织好一些小竹笼，用来装蝈蝈。然后，他再骑着自行车，驮到城里来卖。不过，今年女儿升高三了，学习紧了，没什么时间捉蝈蝈了，所以，他才又从临近的养殖场里批发了点养殖的蝈蝈，一起拉到城里来卖。

说到两个孩子，中年男子黑黝黝的脸上，露出些许欣慰，他说，女儿的老师说了，这孩子肯干，明年考上大学应该没问题。这不，我得给她先攒好学费呢。

我问他，这些蝈蝈都卖掉，要多长时间？

他说，生意好的话，一天能卖三五十个，这些都卖掉，总要十来天吧。因为家离城里有一两百里远，所以，每次都要等全卖完了，他才回去。

那晚上住哪儿啊？我关切地问。

他指着不远处的一座桥说，这么多蝈蝈，太吵，住哪儿都不方便，我晚上就睡在桥洞下面。吵不着别人，还省钱。他憨笑着。

天渐渐黑了。不断有人领着孩子，好奇地走过来。

我对他说，我再买一只吧，免得那只蝈蝈落了单，孤独。

他帮我挑选了一只。

唧唧——，提着笼子，我向家走去。家里，另一只蝈蝈，在唧唧地呼唤。我的家，会成为这两只蝈蝈在这个城市里的家吗？

站牌下的约定

　　西湖往南。一路景区。有一个公交车站，叫九溪。

　　每天一早，这个公交站牌下，就会站满了人，赶着上班的，背着书包去上学的，转车去景区看风景的。

　　一辆公交车来了，一辆公交车开走了。

　　早晨的阳光，淡淡地将树梢点亮。

　　不知道从哪一天开始，站牌下，出现了一对母女。女孩手里捧着一本书，妈妈弯下腰，手指着书，一行行教女孩读。偶尔会抬起头，看看公交车来的方向。

　　春寒料峭，女孩的双手和小脸，都冻得红红的。女孩的读书声，清脆，响亮，细听听，还有一点点颤音。

　　候车的人好奇地注视着这对母女。连等车的时间，都不放过，教孩子拼音识字呢。这个母亲，可真够操劳，真够费心的。

　　一辆开往郊区的公交车驶来了。妈妈匆匆交代女孩几句，跑向公交车。妈妈跳上了车，女孩捧着书，看着车门关上，目送公交车开远，才捧着书，走开。

每天早晨都是这样。

奇怪的是，有时候是妈妈先到公交车站，有时候却是女孩先到。遇到天气不好，妈妈就会领着孩子到车站边的一家单位的门廊下，教孩子读书。一天也没有间断过。

有一天，终于有位乘客忍不住，走过去问妈妈："你女儿学习真用功，几岁了？"

妈妈抬起头，摇摇，她不是我女儿。

那你们是？

"妈妈"说，我也是等公交的。她是附近一个清洁工的女儿，我见她没学上，经常一个人在车站附近孤单单地游荡，我就想，能帮她一点儿，是一点儿。所以，我就和她约定，每天我早一点儿来等车，教她十几分钟。

原来是这样。

说完，"妈妈"走到一边，继续教孩子。那天，教的是课文《春天来了》："春天像个害羞的小姑娘，遮遮掩掩，躲躲藏藏。我们仔细地找啊，找啊。小草从地下探出头来，那是春天的眉毛吧？早开的野花一朵两朵，那是春天的眼睛吧？……"

那位乘客，偷偷地用手机拍了几张照片，寄给了报社。

报社进行了跟踪报道。记者很快了解到，女孩叫花花。今年春节之后，在杭州做环卫工的父母，将花花从老家接了过来，却一直没联系上学校。花花在老家已经读过一年级了。辍学的花花，每天孤单地跟着父母去扫马路。花花遇到了等公交车的"妈妈"，于是，便有了这个公交站牌下的约定。

花花和公交站牌下"妈妈"的故事，感动了杭州。热心的人们四处奔波，为花花联系学校。很快，花花的学校落实了下来。花花可以像别的孩子一样，每天背着书包，去宽敞亮堂的学校读书了。

　　而那位"妈妈"的信息，根据其本人意愿，记者没有透露，人们只知道，她是一位普通的职员，也是一位普通的母亲，她的孩子，正在读中学。她给记者发了一条短信："不要把笔墨放在我这里，好心人很多，谁都会去做的。"

　　"妈妈"和花花在公交站牌下的约定，就此结束了。她是这个春天最美丽的一个约定，像一股暖流，温暖着我们的心。

抱书行走的人

　　路口，红灯。对面的斑马线上，也站着一群等待过马路的人。远远地看见了他，一个中年男人，怀里抱着一大摞书，看起来书有点沉，他的腰微微地弯曲。忍不住多看了他几眼。站在他身边的人，有人挎着时尚的皮包，有人拎着装满东西的袋子，有人拖着行李箱，有人双手插在裤兜里，有人举着手机打电话……他抱着一摞书，显得很另类。

　　很久没有看到这样的情景了，除了在校园里，看到背着沉甸甸的书包、怀里还抱着书的学生之外。如今，谁还会抱着一大摞书，出现在热闹嘈杂的街头？他是刚从书店买的书吗，还是从附近的图书馆借的？或者是从办公室里，准备搬回家的？不知道。这样一个午后，一个陌生的中年男人，因为他怀里紧紧抱着的一大堆书，让我眼前一亮。站在他身边等待过马路的人，也看到了他怀抱的书，扭头好奇地看着他，但很快，他们就将目光转移到了大街上，街头的人们，衣着光鲜，神色匆匆，每个人都怀揣着各自的故事，各奔东西。

绿灯亮了，斑马线两边的人，快速地向自己的对面走去。在与他擦肩而过的时候，我瞥了一眼他怀中的书，有新书，也有翻卷了封面的旧书，来不及看清都是些什么书。很快，他淹没在人流中。

我已经有半年，没有走进过书店了，已经有一年多，没有跨进过图书馆的大门了。在装修新居时，我特地挤出了一间房子做书房，还买来了一个气派的书柜，里面摆满了我以前读过的书，不过，除了有时候躲进书房抽一根烟之外，我已经很久没有打开书柜的门了。

我的很多朋友和熟人，与我一样。但是，偶尔，我还是会看到怀里抱着书的人，就像今天我邂逅的这个中年男人。

有一次，在小区门口，遇到一位楼下的邻居，怀里抱着一大摞书，像一堆积木一样，走得摇摇晃晃。忽然，最上面的几本书，倾斜了，就要掉下来，她慌乱地用下巴去抵住，这使得其他的书，也跟着往下滑，哗啦啦，她怀里的书，全都滑落到了地上。她颓丧地一本本去捡。我赶紧快走几步，去帮她。她张开双臂，我将书一本本叠加到她的手上。问她，需要我帮你搬回去吗？她笑着摇摇头。我感叹，买了这么多书啊？她的脸莫名地一红，忙解释，其实大多是买给孩子学习用的。她家住一楼，我经常能从阳台上，看到她坐在院子里，手里拿着一本书。重新抱好书，她小心翼翼地往小区里走，从她的背影，一点儿也看不出她怀里抱着的，竟是十几本书，倒像是抱着一个孩子。

还有一次，是在一辆公共汽车上，乘客不多。上来一个青年，怀里抱着一摞书，走到一个座位边，却没有坐下，而是将怀中的书，整齐地放在了座位上，自己站在座位边。还有空位子，他本可以再找一个座位坐下的，却不，就那么站着，随着车的颠簸，不时地弯下身，将快要倾倒的书扶正。几站之后，他轻轻地将书抱了起来，下车，他的动作那么轻柔，飘逸。

我有时会奇怪地想，他们为什么不找个袋子，将书装起来呢，那样拎起来可就方便多了。也许很多拎着包和袋子的人，他们的包或者袋子里，也装满了书？有一次我陪儿子去书店，买了几本书，付完款后，工作人员给了他一只塑料袋子，儿子没要，他将书抱在了怀里。我问他为什么不用袋子拎？儿子说，习惯了。他是个高中生。又补充一句，抱着书，能闻到书香。不信你试试。

不用试。我也抱过书，从图书馆到寝室，从书店到家，从一个单位到另一个单位。只是那是久远以前的事了。现在，我已经习惯拎着包，包里揣着手机、钱包、钥匙、香烟和名片。

偶尔看到抱着书在大街上行走的人，他们走过我们身边，带起一阵风，风里有书的淡香。

约好了春天开花

妻子突然从厨房里冲出来，甩着湿漉漉的手，急匆匆就要出门。

外面飘着漫天的雪花，这是今冬以来，杭州下的第一场雪。她这是要出去赏雪吗？可是，雪刚飘下来，就都融化了，还没有积起来呢。妻子摇摇头，说，昨天我和人家约好了，要买她的盆景，差点忘记了，刚刚想起来。

我拉住她，外面下着大雪，买什么盆景？等天好了再买也不迟啊。

妻子却坚持马上去。她解释说，昨天中午吃过饭后，我在单位附近溜达，在桥头，看到一个骑着三轮车卖盆景的老太太，有剑兰、文竹、金菊，还有水仙球。我想买几棵水仙球，赶到春节的时候，正好能开花。老太太却告诉我，这几棵水仙球都是卖剩下来的，芽发得迟，估计要到春节后才能开花。她说，我要是真想买的话，她明天再带几棵好的球株来，确保能在春节期间开花。真是一个善良的老太太。于是，我和她约好，第二天中午这个时候，还在这个地方，我等她。

我探头看看窗外，雪下得更紧了。我对妻子说，外面下着这么大的雪，谁还会出门啊。再说了，那种路边的买卖，本来就是随口说说而已，你还当真了。

妻子执意要去。

我推出自行车，那就我替你跑一趟吧。

妻子的单位离家大约三四公里，我顶着风雪，向前骑去。我心里嘀咕着，肯定是白跑一趟，权当是体验一下雪中骑车的滋味吧。

赶到妻子单位附近，四处张望，风雪中除了偶尔几个顶着伞的路人，路上显得空空荡荡。果然被我言中了，也难怪，大雪天，谁还出门没事找事啊。

路滑，推着车往回走。拐弯的时候，忽然看见，路边的墙角，蹲着一个老大爷，面前摆着两只箩筐，都是水仙球株。没想到，这个天，还真有人坚持做生意，小本买卖，不容易啊。

问好价钱，我买了五个水仙球株。我是这样打算的：回去跟妻子撒个谎，就说找到那个和她约好的老太太了，水仙都是从她那儿买来的，免得她有失落感。

老大爷细心地用塑料袋，帮我将水仙球株一个个装好。他的毡帽上，飘落了好几片雪花，竟然没有融化。一看，落在地上的雪，也已经开始积聚了。这说明，气温在下降。

我劝老大爷，天冷，又下雪，不会再有什么生意了，赶紧回家吧。

老大爷双手凑到嘴巴前，一边哈着热气，一边点着头。

　　我推着车，慢慢往前走去。

　　身后，隐约听到老大爷在自言自语："人家也许不会来了，真的不会来了。这个鬼天气，谁还会出门啊。老太太，太冷了，我得回家了，你可别怪我，我可是已经足足等了一个多时辰哦。"

　　原来……我霎时明白了。

　　我转回身。我要紧紧握着老大爷的手，我要大声告诉他，您没有白等啊。

　　雪打在我手中的水仙球株上，它们已经长出绿叶，它们相约，在春天开花。

地　气

　　吃过晚饭，我照例到阳台上晃晃，抬头看看远处的夕阳，或者低头看看我们的院子。

　　没错，是我们的院子。我家住在二楼，但一楼院子里的花香，我能嗅着；长到半人高的石榴树，我伸手能碰着；有风吹过，所有的花花草草都争相和我打着招呼……它可不就是我们的院子吗。

　　楼下的老王正在院子的角落，弯腰用铁锹挖着坑。这个老王，是我们的新邻居，搬来才半年多，以前一楼的住户气哼哼搬走了。也难怪人家生气，好端端的一个院子，到处是散落的烟蒂、瓜子壳、橘子皮，还有牙签什么的，那都是从一层层的楼上飘下来的。我们这幢楼，临河而建，站在自家的阳台上，就可以欣赏到一河的风景，所以，楼上的人家，有事无事，都喜欢站在阳台上，瞅瞅风景。有的是饭后，一边打着嗝儿，一边剔着牙，剔干净牙齿的缝隙，那牙签随手就扔到了楼下的院子里。有的人，一边发着呆，一边嗑嗑瓜子，见楼下没人，瓜子壳都啪啪地吐到了楼下的院子里。最多的是男人，逃过妻子的眼睛，在阳台上抽根烟，吞云吐雾，神仙似的，抽完了，一个弹指，烟蒂就会划着流利的曲线，飞进楼下的院子里。一楼的住户骂过，无效；一户户上楼去敲门警告，还是无效。无奈的一楼住户，干脆也不进院子了，只是将自家的杂物堆在院子里。一段时间后，杂草丛生，污垢一地，一楼的院子彻底成了垃圾场。

老王就是在这时，搬了过来。没过几天，站在阳台上的人们突然惊讶地发现，楼下院子里堆的杂物不见了，杂草被拔除了，垃圾被清扫干净了。抽烟的人，捏着烟蒂的手抖了几下，看看院子里没人，还是扔了下去；剔牙的人，呸的一声将嘴巴里的东西吐了出去，见没人，手里的牙签，还是顺手丢了下去；嗑瓜子的人，先是用手将瓜子壳盛着，看看楼下没人，还是悄悄撒了下去。老王也不恼，每天两次，将院子打扫干净。

又过了几天，站在阳台上的人们忽然惊讶地发现，楼下院子里的土，被翻开了，久违的泥土气息扑鼻而来。几天之后，新翻开的土地上，竟然冒出了一层油绿，是草籽发芽了呢。楼上的人们俯身看到那层浅浅的绿色，与不远处河边的绿地遥相呼应，心里暖暖的。捏在手里的牙签、烟蒂和瓜子壳，犹豫了一下，终于没有扔下去，而是随手带回家，扔进了垃圾桶里。

青草长得很快，老王又在院子的几个角落，各栽了几株植物，一株是石榴树，栽下去的时候，就已经有大半人高；一株是白玉兰，刚刚打苞；还有几株矮一点儿的，是海棠，花已经盛开。不到一个月，原来的院子，已经葱油油一片，从楼上望下去，就像是自己家的后花园一样。

　　站在阳台上的人们，经常能看见老王在院子里忙碌着，为花草们浇水、打枝、捉虫，有时候，他会弯腰从草地上捡起一个烟蒂，或者一根牙签什么的，看来，还是有人习惯性地往下扔东西，这让其他站在阳台上的人，脸微微一红。老王偶尔会抬头仰望楼上，从楼上望下去，老王仰着的脸，很像一朵向日葵。

　　昨天晚上，忽然有人敲门，从猫眼里看见是老王。这是他第一次上楼来，不知道他为何而来，惴惴不安地将老王让进屋。老王笑着说，我注意到你们楼上很多人家的阳台上都种了花草。我点点头。我家的阳台上也养了些，不过，养得不好，都不太精神。老王说，我也喜欢种花养草，花草说贱也贱，说娇贵也娇贵，除了经常晒晒太阳，有时候，也要让它们沾点地气。地气？都是种在花盆里，怎么沾地气呢？老王说，我准备在院子里挖几个泥坑，你们楼上谁家的花草有需要，就连花盆一起先埋到土坑里去，等接上了地气，长茁壮了，再搬回各家的阳台上。这主意好啊。老王乐呵呵说，那我再到楼上各家去说一声。

　　站在阳台上，默默地看着老王弯腰忙碌着，他已经挖好了几个泥坑，有人正在将一盆有点蔫的滴水观音连盆带花，移进泥坑里。好像是九楼的住户吧？我琢磨，再过几天，也将我那盆发财树埋在老王家的院子里，接点地气，它也有点蔫了呢。

　　从楼上俯身往下看，滴水观音的每一片叶子，都很像一张笑脸。

早晨从一朵花开始

窗外又传来叽叽喳喳的鸟雀声。

最近一段时间以来，每天一大早，我都是在鸟雀声中醒来的。在城市生活已久，除了公园之外，很少能够听到鸟声。是什么吸引了这些鸟雀，来到我的窗前？

起床，好奇地来到阳台上。树冠和栅栏上，飞跃着一大群麻雀，还有几只画眉、燕雀，以及我叫不出名字的小鸟，叽叽喳喳地叫着，跳着，闹着，围着一楼的院子，似乎在迫不及待地等待什么。

低头，看见一楼的院子里，一大一小，两个身影，母女两人正在弯腰忙碌着。我认得她们，她们是楼下搬来不久的邻居，一家印度人，听说男主人就在附近的一家软件公司做工程师。

她们在作画。奇怪的是，并不是在纸上，而是直接在地面上；也不用笔墨油彩，而是用粉末均匀地撒在地面上。她们搬来的第二天，我就惊讶地发现，一楼院子的空地上，突然冒出的一朵盛开的海棠花，从楼上俯瞰，一层一层的花瓣，竞相怒放，丰润、立体、鲜艳。以为是一朵真花，细看，竟是彩色的粉末做成的。真的很美，使灰色的地面，立即有了生机。但我实在不明白，她们为什么要在地面上作这样一幅画、一朵花。第二天，海棠花没了，还是在那块空地上，又出现了一朵红色的牡丹，在边上两片绿叶的映衬下，牡丹花显得无比娇艳。第三天，牡丹花又变成了一朵米黄色的玫瑰，含苞待放。第四天，是几朵簇拥在一起的梨花……每天，在那块空地上，都会有一朵或一簇花朵，灿烂地盛开，或红、或黄、或粉、或紫，五颜六色，娇艳欲滴。

我好奇地注视着她们，这是我第一次看见她们作画。妈妈先用灰色的粉末，勾出边线，女儿端着一个彩色的盒子，跟在后面，往线里面撒着彩色的粉末，一会儿，一片花瓣现出了它优美的形态，一片叶子伸展出它的经脉。真的太美了。我不由啧啧赞叹。

听到楼上的动静，母女两人都直起腰，抬头。言语不通，我冲她们竖起大拇指。"您好，先生，我们没打扰您吧？"没想到，女孩的妈妈竟然会讲普通话，而且说得很好。她看出了我的惊讶，解释说，她大学学的专业就是汉语。我冲她们笑笑，你们的花，真美，谢谢！树枝上的鸟雀，叽叽喳喳地叫着，好像在响应我似的。

她们继续作画。早晨的空气，清新，凉爽，有隐隐的花香和泥土的气息。五片红色的花瓣，盛开，中间是黄色的花蕊。不认识。我问她们，这叫什么花？女人笑着说，木棉花，是我家乡最常见的一种花。

犹豫了一下，我终于忍不住，问出了那个一直困扰我的问题，为什么要在地面上作画、画花？女人直起腰，抬头看看远方，那是她家乡的方向吧。她说，这是她家乡的习俗。她的家在印度北部比哈尔邦的一个偏僻、贫瘠的小村庄，每天早晨，女孩子做的第一件事情，就是在自己家的门口，用彩色的粉末作画，可以是一朵花，也可以是一棵树，还可以是一座房子。彩色的粉末画，是灰色村庄中唯一的亮色。

女人指指手中的盘子说，这个盆子里的粉末，就是用稻米和小麦做的，需要什么颜色，加一点植物的颜料就可以了。女人说，在自己的家乡，直到今天，还很贫穷，粮食并不富余。那为什么还要用粮食的粉末来作画呢？女人指指树上的鸟雀说，因为我们相信，每一个生命都值得尊重，包括天上的这些飞鸟。用粮食的粉末作画，既美化了自己的家，又可以让路过的鸟吃饱肚子。

我们的一天，就是从一朵花开始的。女人腼腆而自豪地说，我到中国已经六七年了，在几个城市生活过，这个习惯，也至今保持着。

原来是这样。我由衷地向她们母女点头致谢。小女孩对着飞来飞去的小鸟，叽里咕噜说了些什么，然后，拉着母亲的手，往家里走。她是要把这朵花，这个院子，以及这个早晨，都让给那些迫不及待的鸟儿们吧。

我也轻轻地从阳台退回房间。我看到众鸟扑棱棱飞进院子，我听见了它们欢快的歌唱，在这个无比清澈、无比美丽的早晨。

第六辑

每个人都有一个自己的舞台

只要有一个舞台，他们就总是努力将这个角色演绎得最为精彩。因为，在他们心里，也有一个舞台，有一个人生主宰的梦想。

每个人都有一个自己的舞台

　　他拘谨地站在我的面前，脸上带着憨憨的、讨好的笑，不停地搓着双手，显得局促不安的样子。我犹疑地看看朋友，朋友看出了我眼中的困惑，拍拍他的肩膀，对我说，他是我工地上最好的水电师傅，漏水那点小事，保准他手到擒来。

　　家里卫生间滴滴答答漏水，已经很久了，找过物业，找过家政，都没找到症结。朋友听说后，向我推荐了手下的一名水电师傅，夸他手艺如何如何好。可是，站在我面前的这位水电师傅，样子看起来就木木讷讷，老实得连话都说不利索，他能行吗？

　　走进卫生间。他放下工具，蹲下身，侧耳倾听。我也在他身边蹲下来。滴滴答答的漏水声，若隐若现，忽大忽小，飘忽不定。然后，他站起身，手拿一把小木槌，这里敲敲，那里捣捣。我对他说，以前来过几个师傅，也是你这样四处听听，敲敲，捣捣，最后，到底是哪里漏水，却没找出来。话里是对他的做法，也不信任。他只是轻轻"哦"了一声，头也没抬，继续一块块瓷砖敲过去。忽然，他在墙角的一块瓷砖前停下，弯下身，将耳朵紧贴在瓷砖上。我张开嘴，想告诉他，那个拐角，别人也检查过了，没问题。他摆摆手，示意我别出声。倒指挥起我来了，我没好气地瞥了他一眼。听了一会儿，他直起腰，语气坚定地对我说，就是这儿，下面的水管破裂了，需要将这几块瓷砖都敲了，才好修。真是这儿吗？真要将瓷砖敲了？是的！他的口气不容置疑。如果你确定，那就这么干吧。

他挽起袖子，从工具包里拿出小榔头、凿子，开始敲瓷砖。没想到，一干起活，他就像彻底换了一个人一样，完全没有了刚见到我时的拘谨、木讷和局促。只见他左手握着凿子，右手挥动榔头，一榔榔准确有力地敲打在凿子上，在凿子的重击下，瓷砖一块块碎裂，飞溅。汗水很快布满了他的脸，他浑然未觉，继续有节奏地敲打着。一个多小时后，埋在地下的水管终于暴露了出来，只见水管拐弯接头处，正不停地往外渗着水。他抹一把脸上的汗珠，又露出了憨厚的笑容，你瞧，问题就出在这儿。要修的话，得把水阀关了。我闻声赶紧跑到厨房去关总水阀。他指指水管说，这个水管弯头老化了，必须更换了。我点点头。找几块干抹布给我，将水擦干了。我忙去找干抹布……当我将抹布递给他的时候，他忽然有点尴尬地笑笑，不好意思，把你当徒弟使唤了。我笑着摇摇头，你这么辛苦，我也出不上什么力，递递东西，是应该的。

他继续专心致志地埋头干活。我无所事事地垂手站在一边，从侧面看，他的神情如此专注、如此投入、如此专业，仿佛不是在修理一截漏水的水管，而是在做一件什么了不起的大事情。

忽然意识到，也许对他来说，这就是他的舞台，只有在这个舞台上，他才有可能成为主角。也只有站在自己的舞台上，他才会显得那么干练、那么自如，所有的拘谨、木讷、局促，以及仿佛与生俱来的自卑感，都瞬息离他而去。

其实，每个人都有这样一个属于自己的舞台。

单位边上有个停车场，收费员是个四十多岁的农民工大姐，平时看到她，都是一脸卑微。可是，当指挥一辆辆汽车停进车位的时候，她的声音忽然变得坚定而响亮，指挥的动作特别准确、到位、有力。这个从未摸过汽车方向盘的中年妇女，在她的舞台上，气定神闲，像个指挥千军万马的将军。

我的一位老乡，在小区边上开了一家小吃店，他生性内向，寡言，木讷。可是，他家的小吃，却是这一带味道最好的，尤其是他做的拉面，又细又匀又筋道，回味无穷。而看他做拉面，更是一种独特的享受，一揉，二拍，三甩，四抛，五拉，六盘，七飞，八削，一招一式，无不充满阳刚之气、力量之美。在他的舞台上，他的这一连串"表演"，简直让人眼花缭乱，气吞长河。

与那位水电师傅一样，他们都是为了生计，从遥远偏僻的乡下，来到了城里，在繁华、热闹、时尚、激情的城市街头，他们往往局促而无知，可笑而笨拙，憨厚而木讷，土气而无趣，显得与周遭的一切都那么格格不入。可是，请不要轻视他们，更不要鄙视他们，那不是他们有什么错，而仅仅可能只是，没有给他们提供一次机会、一个舞台。

我们经常在这样的地方看到他们的身影：嘈杂的工地、混乱的菜场、轰隆的车间、肮脏的马路、黑臭的下水道……对他们来说，那也是舞台，而只要有一个舞台，他们就总是努力将这个角色演绎得最为精彩。因为，在他们心里，也有一个舞台，有一个人生主宰的梦想。

声音是看世界的另一只眼睛

一位通讯员拿着厚厚一叠照片，来报社投稿。我接待了他。

一张张翻下去。很遗憾，大部分照片质量很差，很多照片模糊不清，有的是拍照时手抖动了；有的是没有对焦，虚了；有的根本就没有取景，画面杂乱无章，似乎是随手拍下的。

他是我们报社的老通讯员了，拍照的水平还可以啊，怎么这次拍的照片都这么差？他看出了我的疑惑，解释说，这些照片不是他拍的，而是盲校的孩子拍的。他告诉我，为了让盲童们感知世界，学校特地组织了十几个孩子，拿着数码照相机，走上街头，凭着听力捕捉瞬间，拍摄身边的世界。于是，就有了这组照片。

凭借听力拍照？这可是第一次听说。我再次端详着手中的照片——

这是一张背景很乱的照片，人头攒动，是大街上我们经常见到的场景。他指着照片说，这是学生小丽拍的。当时，她拿着照相机，站在热闹的街头，到处是嘈杂的人声，她紧张得不知道怎么办。忽然，她听见人群中有个孩子在惊喜地喊奶奶，紧接着，她听见祖孙俩人快乐的笑声。她将照相机对着笑声的方向，摁了下去。小丽为她的这张照片取名为《街头的快乐女生》。听着他的解说，再看照片，乱糟糟的画面突然活了起来，我从那些奔走在街头的脸谱中，找到了隐约可见的两张笑脸。因为没有取景，这两张笑脸一点儿也不突出，被淹没在了众多漠然的表情中。但那确实是两张笑脸，如果你仔细听的话，仿佛还能听见她们的笑声。

他翻出另一张照片，这是一个叫海涛的学生拍的。照片的主景，是灰色的地面，和一溜快速走动的双腿。他告诉我，与别的盲童不同，海涛不是先天性失明，而是五岁那年，因为一场意外的事故，失去了光明，在他的脑海中，还留存着这个世界的影像。为了治好他的眼睛，他的父母几乎倾家荡产。站在街头，海涛将他手中的照相机镜头，对准了路面和那些疾走的脚步。我们已经习惯了那些急促的脚步声，从一个地方，奔向另一个地方，在这个忙碌的街头，谁还会在意你匆匆的脚步呢？谁又会停留下来听听自己的足音？盲童海涛却为我们听见了。有意思的是，他让老师为他在照片背面题名《慢》，他是希望我们成人的脚步，能从容些吗？

通过通讯员的解说，这些拍摄质量很差的照片，忽然变得生动起来。这些照片，都是盲童们通过他们的耳朵听下来的，我们在用眼睛看的时候，如果也能竖起耳朵听一听，也许感觉就会迥然不同。

有一张照片，拍的是一堆杂乱的树枝，树叶已经落得差不多了，显得光秃秃的，画面看起来一点儿也没有美感。可是，当我竖起耳朵的时候，我听见了树枝上，一只燕雀的歌唱。我已经多久没有听见城市上空，小鸟的鸣叫和它振翅的声音了。

有一张照片，是一堵墙脚，一只小狗跟在另一只小狗的身后，前面的小狗，头和半个身子已经跑出了画面。看着这幅照片，我哑然失笑，后面那只小狗屁颠颠的样子，也许急得哇哇叫吧。

还有一张照片，看上去模模糊糊，分辨不出拍的什么，估计是哪个孩子摁错了快门吧。通讯员却解释说，这是学生小勇拍的天空。天空？那么，他听见了什么？是小鸟的鸣叫，还是飞机的声音？是风筝的哨声，还是呼啸的北风？

我一张张翻看着，我被孩子们凭借声音拍出来的照片，深深吸引住了。这些孩子，他们看不见这个世界，但是，他们却清晰地听着这个世界，听见了它发出的每一个细微的声音。声音，那是他们看世界的另一只眼睛。而透过声音看到的这个世界，也是如此美丽，让人迷恋。

城中河上的"清道夫"

一条河，穿城而过。

它在入城之前，九曲十八弯，清亮如镜，而在城市的另一端，当它终于挣脱而出的时候，已经完全看不出当初的模样，混沌、污浊，散发着连它自己都无法呼吸的怪味。它没有能力改变流向。越来越高的楼房，越来越宽的马路，将它挤压得越来越逼仄。差一点儿，它就被填平了，盖上楼房，或者修成马路。

拐了一道弯，它流经城市最繁华热闹的地段。

他负责这段河道的垃圾清捞。

每天清晨，他从回澜桥划着小船，顺流而下，用特制的网兜打捞漂浮在水面上的漂浮物。临近中午的时候，到达他的终点惠济桥。河水继续南流。船舱里，已经满载了打捞上来的垃圾，再由清洁车转运到垃圾处理场。他则将清空了的小船，划到惠济桥的桥肚下，然后从厚厚的布兜里掏出饭盒，开始他的午餐。那是老婆一大早为他准备好的，还有余温。沿岸有很多家饭馆酒楼，对着河道的油烟机，呼呼地喷出来一股股浓烈的味道，掩盖了他的饭菜味。

靠在船舷上打个盹，他开始往回划。逆流，虽然水不急，但还是必须一边划，一边打捞。水面上，永远有新的漂浮物，树叶、塑料袋、矿泉水瓶、香烟盒，以及其他杂七杂八的东西。网兜后面，他加了一小块木板，这样，就能既打捞，又当作木划子了。偶尔有垃圾，从另一侧偷偷地溜过去，如果没能兜住它们，他就会让小船顺着水流倒回去，然后，用网兜将它们拦截住。这让他产生一点点小小的成就感，很得意地嘿嘿笑两声。这是他一天中，第一次发出声音，没人能听得见。

但还是有人注意到了他。高高的岸上，一对情侣在河边散步，女孩看见了他，惊喜地对男孩说，快看，有人在河里划船呢，真是太浪漫了。一边嚷着，一边挥着手机，让男孩帮她拍照。"一定要把小船拍进去哦。"女孩嘱咐男孩。男孩一边嘟囔着，一条破垃圾船，有什么好拍的，一边不情愿地摁下了快门。

他继续打捞着水面上的垃圾。河流的水位很低，岸很高，又散发着难闻的腐臭味，难得有人走到河边，往下俯瞰。这条河，以前要宽多了、清多了，可以驶很大的船，曾经还有几个热闹的码头。可是，现在它更像一条臭水沟。他记得老早的时候，还有人提议这条城中河为母亲河，只是河水越来越污浊了，人们终于不大好意思，便在河的源头，另找了一个清澈的湖，冠名母亲湖。母亲湖的水，辗转流到这里，它们一脉相承。

有时候划累了，他会停下来，抬头往上面看看，两侧都是高楼，热闹的街区，人来熙往，是这个城市最繁华的地带。他只带女儿去过一次，那是女儿放暑假，和同村的几个孩子一起，进城看望父母。在最大的那家商场，他咬咬牙，给女儿也买了一只新书包。他告诉女儿，他就在这附近上班。女儿开心得不得了，完全忘记了他和妈妈两三年才能回一趟老家的思念之苦。

一天中，他最开心的事情，是在水面上偶尔看到一两条小鱼，摇曳着小尾巴，追着树叶。难得在这条河里看到鱼了。他不知道它们是怎么来的，是被水流带下来的，还是不小心迷了路。他很高兴这条逼仄的河道里，除了他，还有另外的生命，他又替它们揪心，自己忙完了一天的活，还能爬上岸，回到自己租住的小屋，而它们还能不能游回到城外，那干净的水域和鱼群中呢？

天黑之前，他会回到起点回澜桥，船舱里，又装满了从水面捞上来的各种垃圾。等垃圾运走了，他将小船拴牢，然后，骑上停在岸边的那辆破旧的自行车，回家，转眼消失在车流中。没有几个人认识他。

这条河，穿过我所生活的城市。而另外一条河，从你的城市，穿城而过。

补丁也开花

　　拐角凹进去一段，就是她的舞台。她在这里摆摊织补，已经好几年了。

　　每次路过，都能看见她，坐在凹槽里，埋头织补。身边的车水马龙，似乎离她很远。她很少抬头，只有针线，在她的手上不停地穿梭。

　　这里原本是一个城乡接合部，这几年城市西迁，这块地也跟着火热起来，到处是建筑工地。上她那儿织补的，大多是附近工地上的民工。衣服被铁丝划了个口子，或者被电焊烧破了个洞，他们就拿来，让她织补下。也不贵，两三元钱，就能将破旧的地方织补如初。如果不是工服，而是穿出去见人的衣服，她会更用心些，用线、针脚、纹理，都和原来的衣裳一样，绝对看不出织补过的痕迹。

　　从她所在的拐角，往前百米，是一所学校。我的孩子，以前就在那所学校读书。每次接送孩子，都必经她的身旁。也就对她多留意了点。

一天，妻子从箱底翻出了一条连衣裙，还是我们刚结婚时买的，是妻子最喜欢的一条裙子。翻出来一看，胸口处被虫蛀了个大洞。妻子黯然神伤。我的眼前，忽然浮现出她的影子，也许她可以织补好。

拿过去。她低头接过衣服，看了看，摇摇头说，洞太大了，不好织补了。我对她说，这条裙子对我妻子意义不一般，请你帮帮忙。她又看了看裙子。忽然问我，你妻子喜欢什么样的花？牡丹。我告诉她。她看着我，要不然我将这个洞绣成一朵牡丹，你看怎么样？我连连点头，太好了。

她从一个竹筐里，拿出一大堆彩色的线，开始绣花。我注意到她的手，粗大，浮肿，一点儿也不像一只绣花的手。我疑惑地问她，能绣好吗？她点点头，告诉我，以前她在一家丝绸厂上班，就是刺绣工，后来工厂倒闭了，她才开始在街上摆摊织补。我原来绣的花可漂亮了。她笑着说，原来的手也不像现在这么笨拙，在外面冻的，成冻疮了，所以，才这么难看。

正说着话，一个背书包的女孩，走了过来。以为女孩也是要织补的，我往边上挪了挪。她笑了，这是我女儿，就在那边的学校上学。女孩看看我，喊了声叔叔，就放下书包，帮她整理线盒，很多线头乱了，女孩就一根一根地理清，重新绕好。不时有背着书包的孩子，从我们面前走过。有些孩子看来是女孩的同学，他们和女孩亲热地打着招呼。女孩一边帮妈妈理线，一边和同学招呼着，脸上挂着浅浅的笑容。

我好奇地看着女孩。她的稚气的脸上，已经三三两两冒出青帮。小区里有对年轻夫妇，养了一条宠物狗，一次，小两口要出去旅游，小狗成了问题。本来可以寄养在宠物店，但他们担心关在笼子里，会扭曲了小狗的性格。他们找到了胡师傅。胡师傅答应了。小两口把家门钥匙交给了胡师傅，胡师傅每天早晚去喂点吃的，弄一下卫生，再带小狗出来遛几圈。一个星期后小两口回来了，小狗和胡师傅已经建立了很深的感情，每次出门溜达，路过胡师傅的小店，都非得进去，和胡师傅亲热一番，才肯离开。

"全科"民工胡师傅，也闹过一场风波。有一次，有个居民钥匙丢了，家里其他人也都正好没带钥匙，怎么办？急得团团转的居民，找到了胡师傅。胡师傅背着他那个百宝囊般的工具包，赶来了。没想到，七弄八弄，啪嗒一声，门锁竟然开了。胡师傅还有急开锁这一招儿，"全科"民工又多了一科。可是，很快大家又觉得了异样，胡师傅能开锁，那就是说，他可以轻而易举地进入任何一户人家？自那以后，胡师傅再也没帮人开过锁。

现在，大家还是习惯找胡师傅，他也总是乐呵呵地帮忙。一次和几位朋友闲聊，我骄傲地介绍了我们小区里的"全科"民工胡师傅，为大家帮了很多忙。孰料，几位朋友笑呵呵地说，他们居住的地方，也都有类似的外地民工师傅，有很多手艺，能解决很多小问题，帮了附近居民很多忙，只是他们的名字不同，有的叫张师傅，有的叫李师傅，有的叫王师傅。

我明白了，在我们周围，有一张张这样的面孔，他们来自偏远的乡下，通过双手创造了自己的生活，也改变着我们的生活。他们是我们的邻居。

"全科" 民工

散步时，碰到对面楼的老王，急匆匆地往家赶，身后跟着另一个熟悉的身影——小区门口小卖部的胡师傅，背着那只小区人都熟悉的沉甸甸的大挎包。一看就知道，老王家肯定又遇到什么难事了。一问，果然。老王家的老太太正在做饭，下水道突然堵了，水池里积满了水。老王自己没捣鼓好，赶紧喊胡师傅去救急。

胡师傅也冲我笑笑。我认识他。小区里的人，大多他都认识。我也找胡师傅帮过忙。有一次，我出差在外，忽然接到妻子电话，家里断电了。找了物业，物业说电工下班了，要明天上班了才能来检查。大热的天，没有了电，家里成了火炉。妻子急得像热锅上的蚂蚁，准备领着儿子去附近的酒店开个房间，对付一晚。我忽然想起了胡师傅，手机里存过他的号码，打过去，胡师傅正在帮另一户人家修补地漏，听说了我家的情况后，答应马上过去看一下。半个小时后，妻子打来电话，告诉我胡师傅来过了，弄好了，是保险跳闸了。妻子还告诉我，胡师傅说只是举手之劳，因而死活不肯收费。回去后，我给胡师傅带了点外地的土特产，向他表达感谢，胡师傅推辞了半天，才肯收下。

胡师傅并非修理工，只是在小区门口开了家小卖部，不知道是谁第一个发现了他的修理才能，而他又总是乐于帮忙，很快，他的名声，就在小区传播开了。谁的家里有了小难题，都会去央他帮个忙。听说，他年轻时，在老家学过几年木匠，后来进了城，在工地上打了几年工，干过老本行木工，又跟着别人学会了瓦工活和电工活，居家过日子的那些小毛病，他基本上都能够手到擒来。小区人都亲切地喊他"全科"民工。

小区里的物业，有电工、木工，也有管道工，还有泥瓦工，但是，他们也朝九晚五地上班，等到居民们下班回到家，发现家里出了什么小问题，找物业的时候，他们的工人也已经下班了，只留下一两个值班的，如果值班的是个木工，对漏水、停电什么的，他就爱莫能助了。大家不爱找物业，其实还有一个很重要的缘由，收费高，而且态度不大好。胡师傅不一样，全天候，全能，收费很低，就是个辛苦费，而且特别热情，即使他自己修不好，他也会帮你联系其他工友，直到问题解决。

有人跟胡师傅建议，你干脆别开小卖部了，开个家政服务部吧。胡师傅摇摇头，坚持开他的小卖部，当然，也继续为居民们帮忙。离小区不远，就有一家大超市，不过，油盐酱醋、香烟瓜子什么的，只要胡师傅的小卖部里有卖的，大家都愿意上他那儿买，也算是回报他。夏天的时候，他也卖西瓜，卖啤酒，打个电话，他就送货上门。

不光会修理，别的忙，只要你向他张口，胡师傅也一概乐意

温暖的雪书

　　清晨出门，才惊喜地发现，昨夜下了一场大雪，地上积起了厚厚的一层。

　　这几年，杭州难得下雪，即使下雪，也是落地就融化了。这场意外的大雪，立即引起了早起的人们一阵阵的惊呼。

　　雪景很美。可是，一出门，我开始担心起来，路上的积雪已经冻结，很滑，不知道汽车还能不能开。开了几年车，还从没有在雪地上行驶过，我担心自己的技术和安全。

　　小区外，停在室外的汽车上，都堆积了厚厚的积雪，就像覆盖着一床厚实的棉絮。

　　找到自己的小车。风挡玻璃上，也都积上了一层厚雪，必须先将积雪铲掉。忽然发现，我的车前风挡玻璃上，有人在积雪上写了一个字，细细分辨，是个"慢"字。字写得歪歪扭扭，估计是用树枝写的。他是在提醒我吗？他会是谁呢？我的心里暖暖的。

我发动了车子，打开暖气。乘预热的时间，将车上的积雪，一点一点慢慢铲除。

这时候，小区里陆续有人走出来。

身后忽然传来一声惊呼，谁在我的车上画画了？回头一看，是停在我后面的一辆车。我好奇地走过去，只见她的车前风挡玻璃上，画着一幅画，是一座房子，还有一只高高的烟囱。女车主不解地看着画，这是什么意思啊？联想起我车上的那个"慢"字，我笑着对她说，这是一座房子、一个家，画画的人可能是要提醒你小心开车吧。女车主也笑了，对对，是得慢点儿。

会不会还有其他的字或者画，我突然很想知道。

一辆辆车看过去，果然，每辆车的风挡玻璃的积雪上，都被写上了字，诸如小心、慢、安；有的车上画着一座房子、一颗心、一个孩童什么的；还有一辆车上，画着几个大大的惊叹号。

这个人，他是在提醒我们啊。

大家就此议论开来，猜着那个写字画画的人，会是谁呢？我们的一位邻居？社区里的保安？晨练的老人？路过的行人？

猜不透。大家恍然明白，是谁其实并不重要，重要的是他的提醒和问候，是大家的安全啊。一个有经验的老驾驶员，告诉我们雪天开车的注意事项，大家听了直点头。

这是我搬到这个小区以来，第一次感受到大家离得这么近，是大雪拉近了我们的距离啊。

启动车子，缓慢地驶离小区，赶往单位。车前风挡玻璃上的"慢"字和积雪，都已经消融，可是，一个陌生人无声的问候，暖暖地，留在了我的心里。

王老师看着他，这事我隐约记得，你很倔强，坚持不肯说为什么打架。那么，现在能告诉我吗？

男同学点点头，那个高年级的同学说您坏话，说您一定是犯了什么错误，才被发配到我们学校的。我不服，就和他打起来了。

王老师笑了。

记忆的闸门，被打开了。让人奇怪的是，大家印象最深刻的，竟然都是王老师的餐巾纸，在场的几乎每一位同学，都得到过老师的餐巾纸，有的是擦眼泪，有的是擦伤口，有的是擦鼻涕，有的是擦汗水。让我们笑翻了的，是有个同学说的故事。他说，以前他都是用手背擦鼻涕的，有一次，抄黑板报时，鼻涕又挂了下来，他毫不犹豫地用手背去擦。突然，眼前冒出一个白团来，他扭头一看，是王老师递给他的一张餐巾纸。他红着脸接了过来。他说，你们绝对想不到，那张餐巾纸，我一直揣在裤兜里，整整揣了一个学期，只是偶尔拿出来，炫耀式地擦一下，直到后来纸烂成了碎片。

他的故事，甜蜜而辛酸，大家感慨唏嘘不已。有人站起来对王老师说，您是唯一城里来的老师，也是唯一的女老师，还是唯一用餐巾纸的老师。别说我们学生，连其他老师都羡慕得不得了。

王老师挨个将大家看了一眼，我没想到，你们会记得这么多，这么清晰。我也记得那盒餐巾纸，那是我的一位在国外的亲戚带给我的礼物，那时候，国内还没有餐巾纸呢。顿了顿，她突然故作神秘地说，说实话，刚开始给你们用的时候，我也很舍不得呢。

我们都笑了。我们这群中年人，围着老师，笑得眼泪在眼眶里打转。

那些年，我们用过的老师的餐巾纸，擦拭过我们最柔软的部位。那不单是一张小小的餐巾纸，那是一个老师对学生付出的爱。

老师的餐巾纸

一帮小学时的老同学，毕业四十年后聚会。让大家意外的是，组织者还邀请到了王老师。

她是唯一健在的老师，退休多年，回到了城里。当年我们这些山村里的娃娃，也都已经两鬓微白，步入中年。久远的往事，一幕幕浮现在眼前。

一位女同学，拉着王老师的手，激动地说，王老师，您教了我们三年，您知道我印象最深的是什么吗？

王老师摇摇头。女同学说，您给过我的一张餐巾纸。那天，我家里出了点事，心情不好。上课的时候，老是走神，心不在焉，代课老师很生气，让我下课后到办公室去一趟。在办公室，那位代课老师再次狠狠地训斥了我，骂我自以为是、骄傲自满。我没为自己辩解，只是眼泪不争气地在眼眶里打转。这时候，坐在对面的您，走到我身边，您什么也没说，只是默默地递给我一张餐巾纸。接过您递过来的餐巾纸，我再也控制不住，哇哇大哭起来。您抱着我，拍着我的肩膀。平静下来后，我告诉您，前一天，我的父亲在山上采石时，腰被石头砸伤了。

女同学说着说着，眼圈又红了。王老师抬起身，从餐桌上的纸巾盒里，抽出一张餐巾纸，递给女同学。女同学接过餐巾纸，谢谢您，王老师。

旁边一个男同学，站起来，走到王老师身边，王老师，您也给过我餐巾纸。

男同学看看大家说，我们班的同学大多来自农村，我记得王老师是从城里调来的，在我们眼里，王老师您就像天上掉下来的女神一样。

头发花白的王老师，不好意思地笑了，我哪是什么女神啊，说实话，刚接到通知要调到那所山村小学时，我还偷偷哭了好几天鼻子呢。但是，去了那儿，见到了你们这些学生，我才觉得，一点儿也不后悔。

男同学接着说，小时候我很调皮，是老师眼里的坏学生。有一次，我和高年级的一个学生打架，鼻梁都被打出血了。我们分别被揪到了老师办公室。我心想，这回死定了，一定要被您狠狠骂一通了。您却没有骂我，见到我做的第一件事，竟然是从包里拿出一张餐巾纸，帮我轻轻擦拭鼻梁上的血迹。

男同学环顾一下大家，激动地说，那时候，我们这些山里的孩子，别说餐巾纸，连卫生纸都没用过。那是我第一次感触到餐巾纸，那么白，那么柔软，擦在伤口上，一点儿也不觉得疼，反而有一种柔软得让人心碎的感觉。王老师，我一直没告诉您，那次我为什么和那个男生打架。

向山顶攀登。从烽火台下来，有一个岔路口，一个方向指着兵谏亭，一个方向指着老君殿，我们选择了兵谏亭方向。从兵谏亭出来，就到了出口，我一看，傻了，这不是我们进山时的大门啊。问工作人员，原来骊山有两个山门，相距几公里。

山门口候客的出租车司机，纷纷向我们招手。我给司机打了个电话，他一听，原来我们跑错了门。他说："大哥，别急，我马上过来接你们。"

一会儿，司机开着车赶了过来。我歉意地笑笑，走错山门了。他却连声谢我。我明白他的意思，如果我从这个山门打别的车走了，他今天可就亏大了。

他将我们送到了兵马俑博物馆入口不远处，让我们下车。我以为这次他应该让我先把车费付了，没想到他还是只字未提。我也索性不提这茬。

参观了两个多小时，我和儿子恋恋不舍地从兵马俑博物馆走出来。路过停车场，见到好多发往西安的公交车，其中一辆车正要离站。我忽然恶作剧地想，如果我带着儿子跳上这辆公交车回西安，那个司机可就惨了。

我当然不会真的这么干。在一排排汽车里，我找到了我们包的那辆车。

在回西安的路上，我终于忍不住，问他："今天我有两次机会，可以乘别的车走，那样的话，你今天可就白干了。我不明白，你为什么这么相信我？"

他扭头看了我一眼，坚定地说："大哥，你不是那种人！"

我笑笑："你不能光凭感觉就相信别人。"

他用手指指坐在我身边的儿子："再说，你带着孩子，这么乖的孩子，你会当着他的面，欺骗别人吗？"

他说得对，虽然我偶尔也难抵一些本能的诱惑，但在自己的孩子面前，我会尽量表现出高尚、正派的一面，我得给他做出榜样。

"其实，大哥，今天，与其说是相信你，不如说是相信你的孩子。"我奇怪地问他缘故，他说："早上你在和我谈价格的时候，我注意到你儿子的手上拿着一个塑料袋，是刚吃过早点吧。我看见他一直捏在手上，直到找到了一个垃圾桶投进去。就冲这点，大哥，我信你们。"

这是我没有想到的。我感慨地对他说，正是因为你的信任，我们才更不会溜走啊。

车到西安，我付给他车钱，一张一百的、一张五十的，他接过钱，对着天空照了照。忽然，意识到了什么，他不好意思地笑笑："对不起，习惯成自然了。"

我也笑笑。在这个信任越来越稀缺的年代，一个陌生的司机，如此信任我们，让我在我的未成年的孩子面前，感受到了被人信任的尊严，同时，也向我的孩子传递了一次信任的力量。

谢谢你，陌生的朋友。

个原始的树根，其本身就是一件作品，根雕艺人无非是发现它，并将这件作品中多余的部分剔除掉，还其本来面目而已。根雕之难，不在好根难觅，也不在用刀雕琢。而在于怎样从看似杂乱的枝节中，找到根的神韵，并正确地判断，哪些是应该毫不手软地剔除的。

老陈深吸一口气，感慨地说，小时候，有过很多梦想，一会儿想当作家，一会儿想做明星；今天想当发明家，明天又想做旅行家……人这一生，就是不断地剔除掉一些梦想，也不断地甩掉一些包袱，这样，你才能把自己雕刻成你真正想成为的人，还原你的本质啊。

是啊，把多余的部分剔除掉，剩下来的，就是本质，就是精华，就是真实的自己，这不也正是人生的大境界吗？

信　任

　　暑假我和儿子到西安旅游。为了游玩方便，我准备包辆车游玩东线。在西安火车站，我找了一辆揽客的小车。司机开价一百五十元，我毫不犹豫就答应了。

　　一路上，司机很热情地向我们介绍临潼的各个景点，建议我们选择两个代表性景点就可以了，上午游览骊山，下午参观兵马俑。

　　车一直开到骊山脚下。下车的时候，我问司机，要不要先预付点押金？司机摆摆手，"大哥，不用，我信你。我就在门口等你们，你们玩好了，我再送你们去看兵马俑。你记下我的手机号，出来时要是找不到我，就打我手机。"

　　我笑笑，没想到他这么信任我们。他报了一个号码，我输入手机，想了想，摁了拨出键。他的手机响了，这样，我的号码也留在了他的手机上。

　　我和儿子进山了。经过鸟语花香的鸟园，我们冒着烈日，

剔掉多余的

走进朋友老陈家的院子，就看见一堆刚运回来的树根。老陈埋头其中，弯曲的脊梁，很像一段未经雕琢的树干。

老陈是我们这带颇有名气的根雕艺人。他的根雕作品，大多粗犷、写意，蕴意深刻，颇为玩家赏识，其中的一些作品，还获得过省市大奖。

虽然与老陈交好多年，我对他的根雕却几乎一无所知，也没什么兴趣。看见我，老陈打声招呼，继续专注地盯着他的那堆烂树根，目光犀利，犹如电钻。老陈手扶一个黝黑的树根，由衷赞叹，真是天造地设啊。我好奇地循声看看那个树根，盘根错节，枝丫茂密，通体黝黑，就是一个枯而不烂的树根，与其他树根，并没有多大区别啊。老陈看出我的困惑，笑着说，过半个月，你再来看。

半月之后，我再去老陈家。老陈的工作室里，多了一件根雕作品：一个长发浓须大汉，弓身屈肘，做思考状。美髯如丝，条缕清晰，似可穿风；肘上青筋隐隐可见；埋在腕中的脸，只见半张，额上皱纹密布，栩栩如生，似乎正陷入深深的思考中。

惊问老陈，这就是那个不起眼的树根雕刻而成的吗？

老陈颔首。

再问老陈，你是怎么做到的？用刻刀雕，用刨子削，用錾子凿，用泥膏补，千锤百炼而成？

老陈笑了，摇摇头，没这么复杂。其实，那个树根刚运回来时，我就发现它是一座天然的思想者雕像，而我这些天所做的，只不过是把树根之上，那些多余的部分，剔掉而已。

老陈的话，勾起了我对他的根雕的兴趣，请问其详。

老陈随手拿起一个小树根，问我，这是什么？

我看了半天，茫然。回答，一个树根。

老陈连连摇头，你再细看看。

聚拢目光，仔细端详，还是一个根须茂密、杂乱无章的普通树根啊。

它是一只蟾蜍。说着，老陈拿起一把剪刀，将根须贴底剪掉，只留下几根短须；又拿起凿子，将树根上面的枝节全部切掉；然后，用刻刀在树根的主体部分雕琢……一段段根须、枝节，在老陈的刀下纷纷坠落。须臾，老陈将雕刻好的树根托在手上：你再看看，它是什么？

一只睁着双眼、鼓着腮帮、后脚撑开、做欲跳状的蟾蜍，跃然眼前。

真是太神奇了。

老陈收刀，说，很多人以为，根雕是雕刻出来的，错了。一刚走到楼下，他就骑着三轮车，也到了，三轮车上码着三箱啤酒、一袋米，还有一桶水，看样子，都是要送的货。我抢先一步，摁下了电梯，手挡住电梯门，等他。我们这幢楼，是小区里几幢小高层之一，装有电梯。他却冲我摆摆手，示意我先上，然后，扛起啤酒，径直朝楼梯走去。我喊他，有电梯啊。他扭回头说，一样，我走楼梯。说完，噔噔噔，向楼上走去。

　　我摁了四层。电梯呼呼直上。纳闷，为什么他不肯乘电梯，却要扛着那么重的东西，走楼梯呢？真是个怪人。

　　电梯到了四层。刚走出电梯，他也扛着啤酒，走上来了，嘴里微微地喘着粗气。他放下啤酒，问我，要不要帮我搬进屋。我摇摇头。看着他脸上细密的汗珠，我疑惑地问他，为什么不乘电梯？他摘下肩膀上的毛巾，擦着汗，低声说，咱身上汗味重，乘电梯不好。我怔住了，这叫什么理由？没等我开口，他和我告别，那我去送别人家的货了。说着，转身从楼梯往下走，噔噔噔的脚步声，在楼梯间回荡。

　　平时，在小区里散步的时候，经常能看见送货工奔跑着的身影。

　　有一次，一帮人刚走进电梯，正在关着的电梯门，忽然又慢慢打开了，还有人要上电梯。原来是送货工，扛着一袋米，站在电梯门口。有人往里挪挪，给他腾出位置。他将米袋搬进电梯，对站在摁扭边的我说，麻烦帮我摁下"12"，谢谢啊。说完，转身向楼梯跑去。十二层是最高层，看样子这袋米是要送到十二层的，可他为什么自己不乘电梯，却让米乘电梯？电梯门慢慢关上了，身后有个女人忽然吸吸鼻子，嘀咕着："哼，连米袋上都留着一股汗馊味，难闻死了！"很厌恶的语气。忽然隐约明白，那个送货工为什么不坐电梯了。

到了四层，我走出电梯的时候，听到楼道里急促的、噔噔噔的爬楼梯声，心里担心着，送货工能赶上电梯的速度吗？

暑假的时候，送货工的三轮车后，忽然多出了一个八九岁大小的男孩，那是他留在农村老家的孩子。货多的时候，孩子跟在三轮车后面推，送完了货，小男孩就坐进三轮车里，送货工就骑得飞快，小男孩一路兴奋地惊叫着。有时候，到我们小高层送货的时候，送货工扛着货爬楼梯，小男孩则留在楼下，眼巴巴地盯着电梯口，可是，从来没有看见他坐过电梯，也许，是他的父亲叮嘱过他，他才一次次克制住了自己的欲望。

整个夏天，经常能看到送货工父子，在小区里奔来跑去。有时候，也能够听到他们快乐的笑声。小男孩和小区的几个保安似乎混得特别熟，还有几个女清洁工，讲着和他们一样的方言，因此也显得特别亲热。

我经常默默地注视着他们，想起我遥远的乡下老家。我知道，他们虽然来到了这座城市，却生活在另一条完全不同的轨道上。

说，店主这个黑板，可以作为现代人的一个典型教材，我们现在最缺少的，就是诚信和信任了。

回城之后，我们将这个故事讲给身边的人听，闻者无不激动不已，太难得了！一批批人沿着我们的足迹，走进了深山，去寻访那个神秘纯朴的村庄，而大家最感兴趣的，就是那块象征着诚信和信任的黑板……

一年之后，我们一帮人，再次踏上了那片神秘的土地。进山的道路，已经拓宽了很多。我们轻松地找到了那个小村。未进小村，就被它热闹的气息感染，一打听才知道，这一年来，小村已经被开发成旅游景点了。

我们顺利地找到了那家小店，小店的周围，又开了好几家纪念品和土特产店。让我们聊感欣慰的是，镶嵌在墙上的那块黑板还在，上面的账单也还在。很多游客，在黑板前拍照，留念。我悄悄摸了摸黑板上的字，擦不动，原来是白色的油漆写的。店主认出了我们，一边忙着招呼生意，一边告诉我们，小店生意大了，经常有人赖账，所以已经不赊账了，再说，现在村民也都有钱了，也不用赊账了。我问，那还留着这块黑板干什么？店主呵呵一乐，招牌啊，很多人就是冲着它来的呢，这还得谢谢你们的宣传啊！

我无言以对。墙上的黑板，白漆的名字和数字，冷眼看着眼前热闹的景象。

送货工

　　小区有家便利店，顾客买重的东西，如桶装水啊、米啊、啤酒啊什么的，他们都送货上门。

　　那天，我去买了箱啤酒，还买了点别的零碎东西。本来想自己扛回去的，手里拎着其他东西，扛起来不方便。一个中年男人走过来对我说，我们店免费帮顾客送货的，你留个地址，我马上帮你送过去。

　　我看看他，黑、瘦，肩膀上搭条毛巾，身上的老头衫渍着未干的汗迹，已经看不出当初的颜色了。认出他是店里的送货工，经常能看到他骑着一辆三轮车，满载着各种各样的物品，在小区里奔来跑去。

　　我告诉他几幢几号，他用签字笔，在啤酒箱上唰唰地记着。真没想到，那几个字，被他写得如此灵润飘逸，我惊讶地看着他。他不好意思地嘿嘿笑了笑，说，年轻时瞎练过几天字。我冲他竖竖大拇指，那字写得确实漂亮，如今能写出这手字的人，不多了。

看不懂的地方，我给你解说。"每次说出这句话时，我都有一股说不出的身为父亲的自豪感。同样，每一次当我这样告诉儿子之后，他都会信任地，也一脸崇拜地看着我，放心地点点头。

我等待他再次信任地、一脸崇拜地看着我，然后，放心地点点头。

儿子看着我，却摇了摇头，说："爸，我可能看不懂，但是，你不要像以往看电影那样，一边看，一边跟我讲，好吗？"

儿子小时候，我经常带他看电影，碰到他看不懂的情节，我就会一边看，一边低声向他讲解。因此，他一向对我很信任，也很依赖，甚至有一点点崇拜。今天这是怎么啦？我环顾了一下四周，除了我们之外，满座的观众，基本都是正装的俄罗斯人，正襟危坐地、安静地等待着开演。我恍然明白了，对儿子说："你放心，我会很小声的，不会影响到别人。"

儿子却坚决地再次摇摇头。我还想说服他，剧院的灯光忽然暗了下来，大幕徐徐拉开，演出开始了。

湖畔，采花的奥杰塔公主，被凶恶的魔王罗斯巴特施以恶毒的咒语，变成了天鹅。只有在晚上，她才能变回人形。而要破除这个邪恶的魔法，只能靠坚贞的爱情。舞者通过翩翩舞姿，叙说着这个悲情的故事。

我想向身边的儿子，解释这段舞蹈所代表的含义。见儿子神情专注地看着舞台，我忍住了。

最经典的四小天鹅舞一幕，在欢快活泼的音乐节奏中，四只小天鹅，演绎着湖畔轻松、快乐、惬意的嬉戏场景。我想告诉儿子，这四只小天鹅，都是像奥杰塔公主一样，因被恶魔诅咒过而变成了天鹅的小公主们。儿子见我想说话，将食指竖到嘴边，做了一个不要出声的动作。我将到了嘴边的话，又咽了回去。

两个半小时的演出，我没有跟儿子讲解一句，而儿子，自始至终，也没有问过我一个问题。

从剧院走出来，我问儿子："看懂了吗？"

儿子摇摇头，"不太懂。但是，我听出来了，音乐很美；我也看到了，芭蕾舞演员们的舞姿很美；而且，我还想象并感受到了王子和公主爱情的美好。"

儿子的话，让我惊讶不已。这个懵懂的少年，第一次完全靠自己，感受了一次艺术的熏陶。很显然，他还不能解读、欣赏每一个舞姿、动作、细节和音乐的意义，对整个剧情也不甚了了，甚至都没能看懂一个完整的故事，但是，他用自己的想象，凭自己的感受和本能的愿望，将它们补充完整。

他不懂，或者还不是很懂，有什么关系呢？今天，他眼中的天鹅湖，就是一个少年版的《天鹅湖》，一个懵懂而凄美的少年派爱情故事，就像他刚刚起步的青春故事一样。我相信，若干年后，如果他再看《天鹅湖》，他一定会有更深的理解和感悟。

而就算我们长大了，见过了更多的世面，经受了更多的历练，我们也未必能将这世界、将我们的人生完全看懂看透。也许，看不懂的地方，用我们的想象去填充、弥补、修正，艺术才更具魅力，生活才更加绚烂，人生才更趋完美吧。

春的气息。她似乎一点儿也不在意，她的同学看到她的妈妈，是个街头织补女。这出乎我的意料。我有个同学，就因为长相土了点，苍老了点，他的儿子从来不让他参加家长会，也不让他去学校接自己，男孩认为，自己的爸爸太寒碜了，出现在同学面前，丢了自己的脸。

我对她说，你的女儿真好。她看看女儿，笑着说，是啊，她很懂事。这几年，孩子跟我们也吃了不少苦。女孩嘴一撇，吃什么苦啊，你和爸爸才苦呢。忙完了手头的活，女孩拿出书本，趴在妈妈的凳子上，做起了作业。我问她，怎么不回家去做作业。女孩说，我们要等爸爸来接我们，然后一起回家。

她穿针引线，牡丹的雏形，已经显露出来。这时候，一个中年男人蹬着三轮车骑了过来，女孩亲热地喊他爸爸。我对她说，天快黑了，要不我明天再来拿，你们先回家吧。她摇摇头，就快好了。

路灯亮起来的时候，她终于将牡丹绣好了。那件陈旧的连衣裙，因为这朵鲜艳的牡丹，而亮丽起来。

中年男人将三轮车上的修理工具重新摆放，腾出一个空位子来，然后，中年男人一把将她抱了起来，放在了那个座位上。我这才注意到，她的下半身，是瘫痪的。女孩将妈妈的马扎、竹筐放好，背着书包，跟在爸爸的三轮车后，蹦蹦跳跳地走着。

目送他们一家三口的背影，我拿着那件绣了牡丹的裙子回家。你完全看不出来，牡丹之处，曾经是一个补丁。

看不懂

中考之后的那个暑假，带儿子去俄罗斯旅游，在圣彼得堡的马林斯基剧院，我们观看了经典的芭蕾舞剧《天鹅湖》。

入场，坐定。儿子左右看看，忽然轻声说："爸，我可能看不懂。"

那是儿子第一次看芭蕾舞。我自己对芭蕾舞也所知甚少，看过的芭蕾舞剧更是屈指可数，不过，在出国之前，我就做足了攻略，恶补了一些芭蕾舞知识，对《天鹅湖》的剧情也进行了详细了解，自忖应该能够基本看懂它了。而我之所以做这些准备，还有一个很重要的原因，那就是应付儿子。在儿子成长的过程中，我努力让自己的知识储备跟得上他，在儿子问你为什么的时候，不露怯，至少，不要一问三不知。我承认，也有很多时候，在儿子连珠炮般的问题面前，我会被问得愣怔，一脸蒙，最后，只好不懂装懂，胡乱应付，好在儿子年幼，很容易打马虎眼。

但这一次，我是有备而来的。我自信地对儿子说："没事，

镶嵌在墙上的黑板

　　这是一片神秘的土地，在大山掩映之中，一个小村庄，兀然出现在我们面前。我们带的地图上根本没有标注，就连为我们带路的向导，都不知道有这么一个小村庄。我们惊喜地走了进去。

　　小小的村落，散布着几十户人家，过着世外桃源般的生活。与近乎原始的自然环境相比，更让我们惊讶的，是当地的村民。据说，除了偶尔有县乡的工作人员和村民的亲戚进过村之外，这些年，几乎没有什么外人走进过这个村庄。村民们看见我们这些误闯进来的外人，就像看见外星人一样，好奇而激动。我们在村民们好奇的目光中，好奇地绕着村庄边走边看。家家户户的门，都是敞开着的。在其他地方，你已经无法看到这样日不闭户的场景。

　　最后，我们来到了小村唯一的一家代销店，我们想在这里补充点物资。小店里只有最基本的日常生活品卖：盐、酱油、一两种劣质烟、坛装的老白干……都是村民们需要的东西，而我们需要补充的矿泉水和方便面，竟然都没有，店主解释说，矿泉水，村民根本不需要。方便面，那么贵的东西，小村可没几个人吃得起。

我们买了几块当地产的大饼，店主热情地为我们灌满了凉开水，这样，我们后面的行程就不怕了。因为要出山进货，店主算得上这个小村里见过世面的人。我们和店主聊起来。小店门边，镶嵌在墙上的一块黑板，引起了我的兴趣，上面用粉笔歪歪扭扭写着一些文字和数字，如大黄，酒，4.6；二贵妈，酱油，2；黑头，盐、烟，13.45……问店主，黑板上写的是什么？店主笑着说，是大家伙儿赊的账，等有钱的时候，就来结一下。原来是账单。正说着话，一个中年人来买烟，店主递给他一包烟，中年人接过烟，顺手在墙上扣下一小块石灰，将黑板上的一个数字擦了，重新写了个数字，然后，拍拍手，和店主打声招呼，走了。我们惊讶得目瞪口呆，就这么随便擦擦写写啊？店主看出我们的困惑，笑着说，都是乡里乡亲的，谁还会赖我几个钱啊？

有人上前用手轻轻擦黑板上的字，一擦就没了，而且，这块黑板是镶嵌在墙上的，即使晚上，也只能"挂"在外面，如果谁晚上偷偷来将名字擦掉了，或者将数字改了，那不是轻而易举的事啊。店主说，这事，还真发生过。有一次，一个村民来买东西，忽然发现自己名字下面的数字没了，可能是被哪个调皮的孩子擦掉了，村民赶紧找了块石灰，将数字重新写在了黑板上。大家在我这里赊了东西，他们记得可清楚了，我这个黑板，也就是个形式，其实，账本都在大家的心里呢

店主的话，让我们羞愧不已。多么纯朴的村民啊！我们感慨